三围一联围棋教程

（上）

冯地山　刘　洋　著

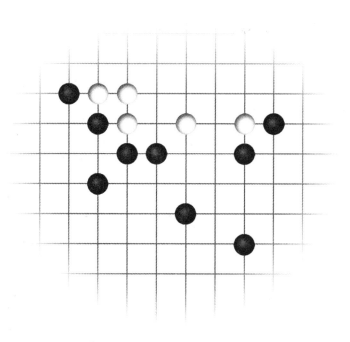

中国财富出版社有限公司

图书在版编目（CIP）数据

三围一联围棋教程．上／冯地山，刘洋著．—北京：中国财富出版社有限公司，2023.8

ISBN 978-7-5047-7974-8

Ⅰ．①三…　Ⅱ．①冯…　②刘…　Ⅲ．①围棋—教材　Ⅳ．① G891.3

中国国家版本馆 CIP 数据核字（2023）第 157993 号

策划编辑 张彩霞	**责任编辑** 张红燕　李小红		**版权编辑** 李　洋
责任印制 梁　凡	**责任校对** 张营营		**责任发行** 杨恩磊

出版发行　中国财富出版社有限公司

社　　址	北京市丰台区南四环西路 188 号 5 区 20 楼	**邮政编码**	100070
电　　话	010-52227588 转 2098（发行部）	010-52227588 转 321（总编室）	
	010-52227566（24 小时读者服务）	010-52227588 转 305（质检部）	
网　　址	http://www.cfpress.com.cn	**排　　版**	诸城亮点广告有限公司
经　　销	新华书店	**印　　刷**	潍坊鑫意达印业有限公司
书　　号	ISBN 978-7-5047-7974-8/G·0795		
开　　本	710mm×1000mm　1/16	**版　　次**	2023 年 9 月第 1 版
印　　张	34	**印　　次**	2023 年 9 月第 1 次印刷
字　　数	353 千字	**定　　价**	98.00 元（全 3 册）

序　言

围棋是中华民族宝贵的文化遗产，是人类文明的重要载体。围棋是学习如何"赢"的技术，也是陶冶性灵、涵养气质、完善人格的首选方式。

正所谓"古今豪杰辈，谋略正类棋"。历史记载的许多帝王将相、文人雅士都是围棋高手，今天，围棋已成为很多有志之士的高雅追求。他们借助"对弈"这种"头脑体操"拓展战略思维、提高智识层次，通过"对弈"这类"沙盘推演"砥砺意志、提升博弈能力。但，若仅仅将围棋理解为"竞争"亦不全面，围棋作为天地之道，更崇尚和谐。那些灿若晨星的围棋大师，在风云变幻的棋局中，面对来势凶猛的"截杀"，和风细雨般"腾挪闪移"，自由挥洒，举手弹指间，于广袤的世界里谋求身体与灵魂、自己与他人、个体与自然的和谐。一千个人眼里有一千局棋，也许，这正是围棋的魅力。

教育部、国家体育总局2001年下发了《关于在学校开展"围棋、国际象棋、象棋"三项棋类活动的通知》，这极大推进了围棋教育普及工作，让围棋走进千千万万青少年的世界。2022年高考作文(全国新高考Ⅰ卷)让考生以围棋术语"本手、妙手、俗手"为素材立意作文，体现了了解围棋文化、提升围棋素养对于当代青年的重要性。

当前，围棋在新时代正展现出盎然勃发的生命力，各种围棋类书籍如雨后春笋般应势而生。目前，主流围棋书籍大致分为两类：一类由知名专业棋手编写，严谨精密，注重专业技能的提升；另一类由从事一线教学的围棋爱好者编写，简明活泼，突出趣味性和普及性。这两类书籍皆为推进我国围棋教育事业作出了显著贡献。

随着围棋教育的迅速开展，人们对相关教材的思想性、系统性、实操性的要求愈来愈高。肩负发展围棋事业的强烈责任感、使命感，我们挖掘、反思、梳理、归纳20余年围棋教学实践中的得失利弊，去粗取精，充分论证，大胆尝试，推出了这套《三围一联围棋教程》。

这套教材贯穿着一条主线：下围棋就是对弈双方以围地更多为战略目的，通过一系列战略运筹和战术配合，采取精准的战役手段来实现各阶段、各局部之目标并取得最终胜利。沿着这条主线，《三围一联围棋教程》构建了一个简明扼要、系统清晰的逻辑框架，让那些初次接触围棋的人也能对围棋知识的全貌一目了然，对为什么要学、学什么、怎样学做到心中有数。这套教材是一张通往"围棋天地"的引路地图！

在教材前面我们提供了课程逻辑思维导图和教学顺序列表，教师在教学中对先讲哪些、后讲哪些可以了然于胸，既有纲目性的指引，又给予教师灵活发挥的广阔空间。教材开辟"对局展示"和"对局简评"专栏，记录学员学棋成长的每一步历程，有助于使用者温习过往课业，及时了解自己的学习进度。本套教材注重包容，使用者可以合纵连横，与各种风格的围棋教材补充使用。

"人间存弈道，烟雨总天晴。"回望20余年与围棋相伴的日日夜夜，内心充满了无限感慨，但更多的是感恩。在教材即将付梓之际，我们感谢围棋界同人、广大围棋爱好者对我们的提携、帮助与肯定。

感谢聂卫平老师、曹大元老师和华学明老师，在诸城的时间，他们给了我们高屋建瓴的指引。

感谢湖北省体育局棋牌运动管理中心的谭东旗主任，2011年我们有幸在武汉受教于他关于围棋作为竞技教育、文化艺术的讲话，坚定了我们回归围棋教育本原的信心。

感谢来自全国各地广大围棋爱好者的大力支持，这些是我们矢志不渝推广围棋教育的不竭动力！

尽管我们在这套教材上倾注了大量心血，仍不免挂一漏万。恳请方家、使用者提出宝贵意见，以便后续完善。

冯地山

2023 年 8 月

三围一联围棋教程 逻辑思维导图

围吃 战术手段

吃子方法
- 打吃、长、提、禁入点
- 常用吃子方法
- 劫争与打二还一
- 滚打与包收

死活常识
- 眼与活棋
- 死活基本型
- 做眼与破眼
- 死活计算

对杀常识
- 双方无眼的对杀
- 有眼和无眼的对杀
- 双方有眼的对杀
- 长气的方法

要子与废子
- 棋筋
- 弃子整形
- 弃子转换和取势
- 弃子争先

围地 战略目的

围地常识
- ★ 金角银边和三线四线
- ★ 占角的位置和边的发展
- ★ 行棋基本步法
- ★ 布局常识

常用定式
- ★ 星定式
- ★ 小目定式
- ★ 三三定式
- ★ 高目与目外定式

常用布局
- ★ 中国流布局的攻防
- ★ 三连星布局的攻防
- ★ 对角布局的攻防
- ★ AI 对传统布局思路的启发

官子常识
- ★ 官子的类型
- ★ 官子的计算
- ★ 官子的手筋
- ★ 收官的次序

围攻

战略运筹

- 判断与定位
  - 大小与缓急
  - 形势判断
  - 攻击与防守
  - 打入与侵消
- 作战的方法
  - 接触战常识
  - 出头与封锁
  - 攻击的方法
  - 攻防的手筋
- 作战的目的
  - 攻击围空
  - 攻击扩张
  - 以攻为守
  - 牵制与压迫
- 作战的时机
  - 前期准备和试应手
  - 局部与全局得失判断
  - 行棋次序和攻防节奏
  - 保留余味和后续手段

联络分断

战术配合

- 连接与切断
- 联络的方法
- 分断的方法
- 选择与配合

三围一联围棋教学顺序

入门班：

1. 围棋基本规则（打吃、长、提、禁入点）
2. 常用吃子方法
3. 连接与切断
4. 眼与活棋

教练 _____   年   月   日

初级班：

1. 劫争与打二还一
2. 死活基本型
3. 做眼与破眼
4. 围地常识

教练 _____   年   月   日

中级班：

1. 对杀常识
2. 要子与废子
3. 滚打与包收
4. 常用定式

教练 _____   年   月   日

三围一联围棋教学顺序

高级班：

1. 布局攻防
2. 联络分断
3. 死活计算
4. 官子常识

教练 _____ 年 月 日

高段班（3段及以上）：

1. 判断与定位
2. 作战的目的
3. 作战的方法
4. 作战的时机

教练 _____ 年 月 日

目 录（上册）

三围一联之围吃→战术手段

三围一联之围吃→战术手段

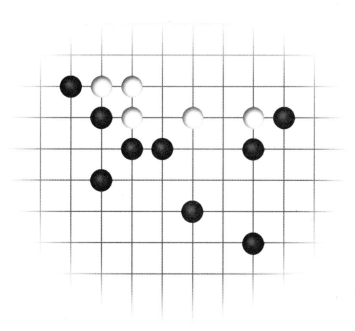

第一章 吃子方法

第1节 打吃、长、提、禁入点

例题图1

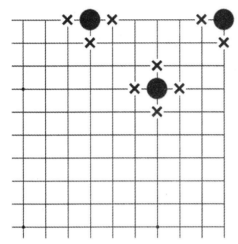

与棋子紧邻的直线交叉点称为"气"。

如图，以×标记的位置就是棋子的气，在四线的黑棋有四口气，在边上一线的黑棋有三口气，在角上一线的黑棋有两口气，气越多越好。

例题图2

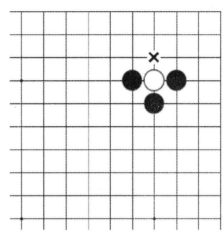

当棋子剩一口气时，称为"打吃"或"被打吃"。

如图，白棋还剩一口气，白棋若不理，下一步就会被黑棋吃掉。

例题图3

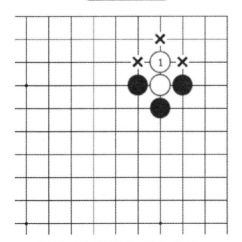

将被打吃的棋子连出，称为"长"。

如图，白1将被打吃的棋子连出，同时气也变长。

例题图4

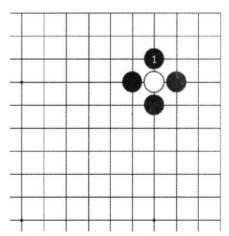

落子后使对方的棋子无气，称为"提"。

如图，黑1后，白棋被包围且没有气了，没气的棋子要立刻从棋盘上拿掉。

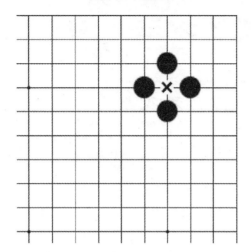

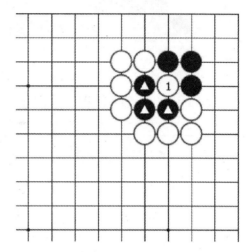

棋子落入位置后无气又不能提取对方，称为"禁入点"，也称"禁着点"。

如图，×的位置白棋落入后无气，是白棋的禁入点。

棋子出现落入后无气同时使对方也无气的情况时，先走方可以提掉对方的棋子。

如图，白1可以提掉△黑三子，并非禁入点。

小结：气是棋子在棋盘上生存的条件，当棋子的气被减少时就要注意安全。

第2节 常用吃子方法

门 吃

例题图 1

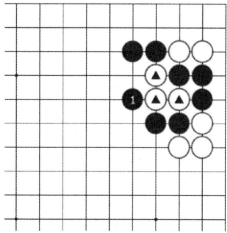

把对方棋子像关在门内一般吃住，称为
"门吃"。

如图，黑1将▲白三子包围，这就是
"门吃"。

例题图 1-1

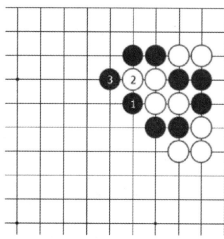

黑1后，白若2位逃，黑3可将白棋提出。

小结：门吃的特点是将对方棋子从两边紧紧包围，且被包围的棋子无法逃出。

练习题 1

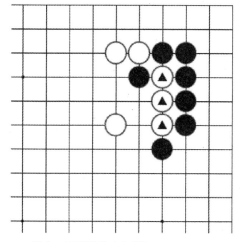

黑先，如何吃住▲白棋？

正解图

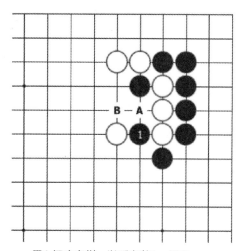

黑1门吃白棋，以后白若A、黑B。

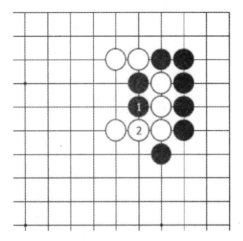

黑1没有包围白棋，白2获得连接。

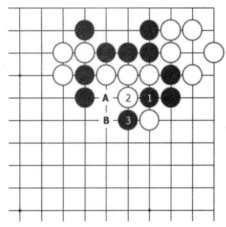

黑1门吃白棋，白若2位逃，黑走3位，以后白若A、黑B。

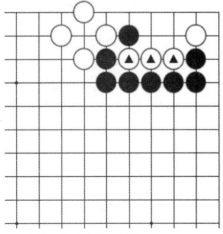

黑先，如何吃住▲白棋？

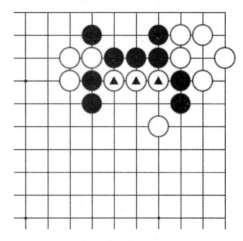

黑先，如何吃住▲白棋？

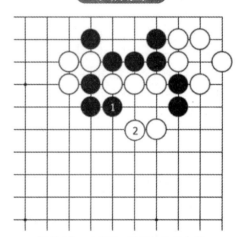

黑若1位，白2双，黑无法吃住白棋。

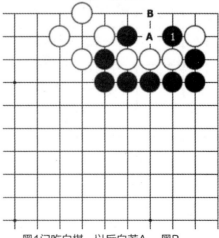

黑1门吃白棋，以后白若A、黑B。

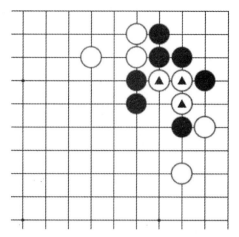

黑先，如何吃住▲白棋？

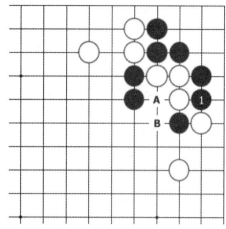

黑1门吃白棋，以后白若A、黑B。

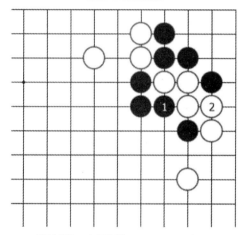

黑若1位，白2逃脱。

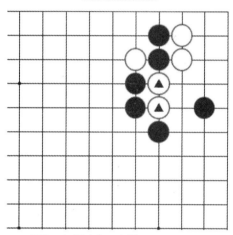

黑先，如何吃住▲白棋？

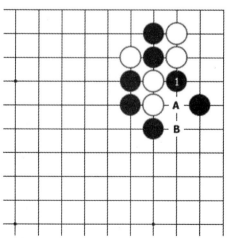

黑1门吃白棋，以后白若A、黑B（也有人把类似型称为"抱吃"）。

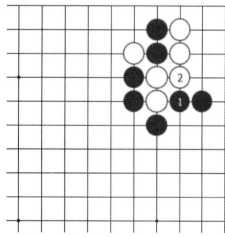

黑若1位，白2位逃脱。

枷 吃

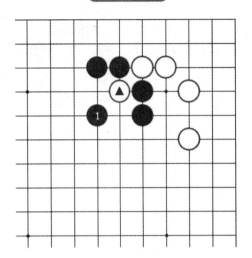

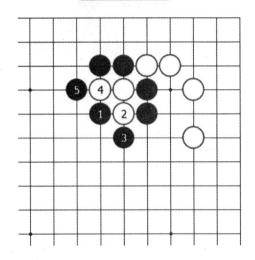

将对方棋子逃跑的路线封锁，犹如枷锁般牢牢地控制住对方，这种吃棋的方法称为"枷吃"。

如图，黑1没有直接打吃▲白棋，但封锁了白棋逃跑的路线。

黑1后，白若2位逃，黑3打吃，白若4位逃，黑5提子。所以被枷吃的白棋无法逃出。

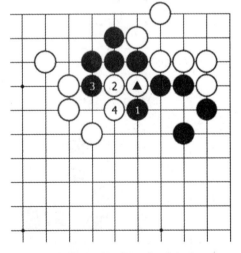

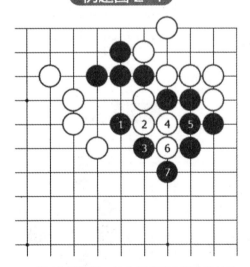

本图的情况，若黑棋只会1位打吃，由于白棋始终跑在黑棋前面，所以黑棋吃不到▲白棋。

黑1枷是好棋，抢先封住了白棋逃跑的路线，以下黑棋始终走在白棋的前面，结果黑棋吃住了白棋。

小结：枷吃是将棋子走在对方的前面，控制对方逃跑的路线，起到封锁作用的吃子方法。

练习题 1

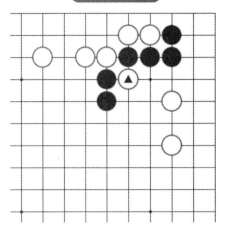

黑先，如何吃住▲白棋?

正解图

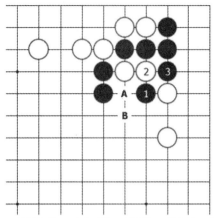

黑1枷吃，白如2位，黑3位。黑1时，白若A位逃，黑B位。

失败图

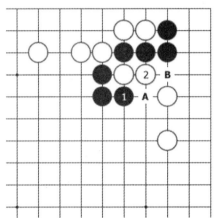

黑1 若直接打吃白棋，白2 可以逃脱，以后黑A 位，白B 位。黑1 如果在白2 位打吃，白棋可以走黑1 位逃。

练习题 2

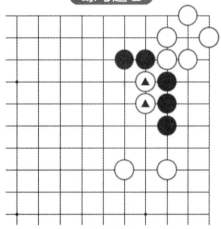

黑先，如何吃住▲白棋?

正解图

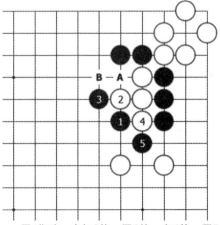

黑1枷吃，白如2位，黑3位，白4位，黑5位。黑1时，白若A位逃，黑B位。

失败图

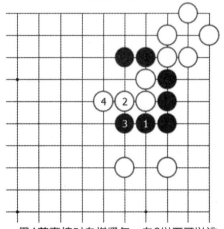

黑1若直接对白棋紧气，白2以下可以逃脱。黑1如果走白2位，白棋可以走黑1位逃。

练习题 3

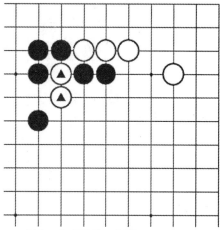

黑先，如何吃住▲白棋？

失败图

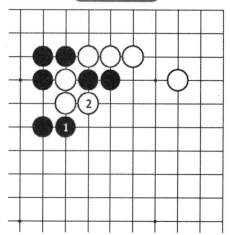

黑1若直接对白棋紧气，白2可以逃脱。黑1 如果走白2位，白棋可以走黑1位逃。

正解图

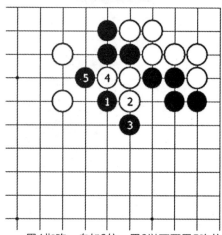

黑1枷吃，白如2位，黑3以下至黑5吃住白棋。

正解图

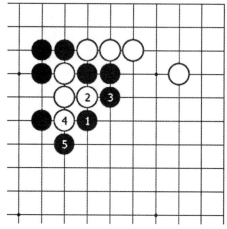

黑1枷吃，白如2位，黑3位，白4位，黑5位。

练习题 4

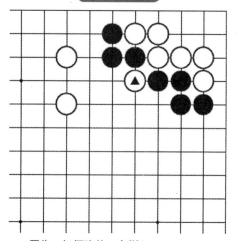

黑先，如何吃住▲白棋？

失败图

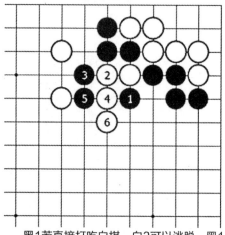

黑1若直接打吃白棋，白2可以逃脱。黑1如果走白2位，白棋可以走黑1位逃。

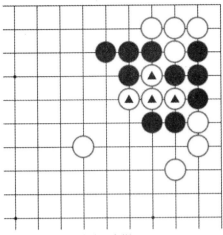

黑先，如何吃住▲白棋?

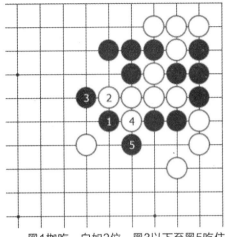

黑1枷吃，白如2位，黑3以下至黑5吃住白棋。

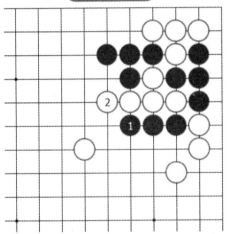

黑1若直接打吃白棋，白2可以逃脱。黑1如走白2位，白棋可以走黑1位逃。

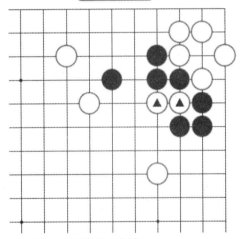

黑先，如何吃住▲白棋?

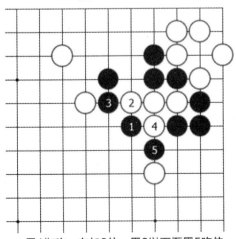

黑1枷吃，白如2位，黑3以下至黑5吃住白棋。

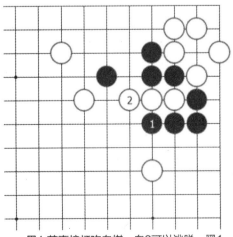

黑1若直接打吃白棋，白2可以逃脱。黑1如走白2位，白棋可以走黑1位逃。

双 打 吃

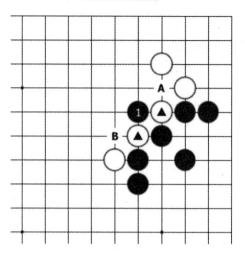

　　一手棋同时打吃对方两处的棋子，称为"双打吃"。

　　如图，黑1对两处的▲白子同时构成打吃，A、B两处黑棋总可以得到一处。

小结：双打吃的特点是同时打吃对方两处并且必得其一。

練习题1

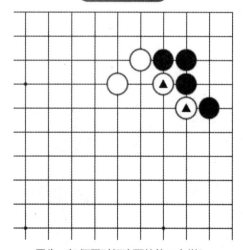

黑先，如何同时打吃两处的▲白棋？

正解图

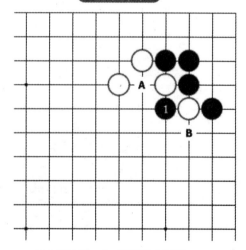

黑1双打吃，A、B两处必得其一。

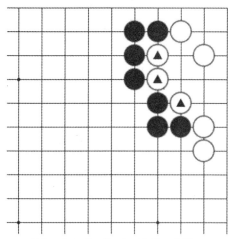

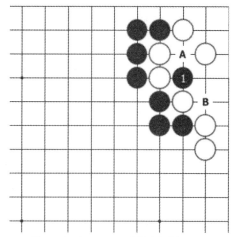

黑先，如何同时打吃两处的▲白棋？

黑1双打吃，A、B两处必得其一。

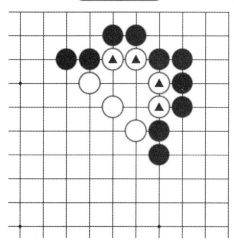

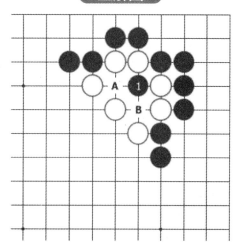

黑先，如何同时打吃两处的▲白棋？

黑1双打吃，A、B两处必得其一。

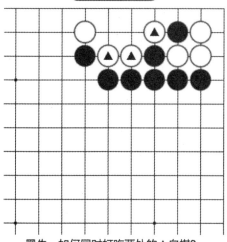

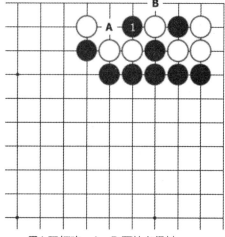

黑先，如何同时打吃两处的▲白棋？

黑1双打吃，A、B两处必得其一。

征 吃

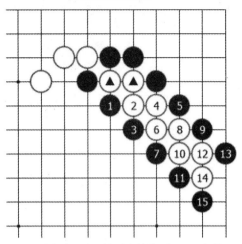

通过连续打吃，使对方始终剩下一口气的吃棋方法，称为"征吃"。

如图，黑1打吃▲白棋，白2逃，黑3以下至黑15一直对白棋保持打吃，白棋始终只有一口气，最终无路可逃。

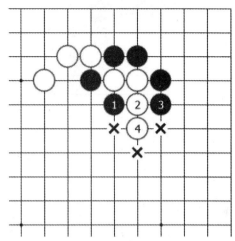

征吃要注意打吃的方向，白2时，黑3打吃的方向错误，白4后出现了×三口气，黑棋无法持续打吃，白棋逃脱。

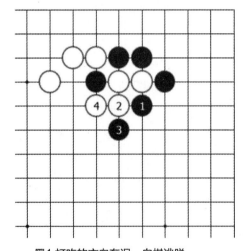

黑1打吃的方向有误，白棋逃脱。

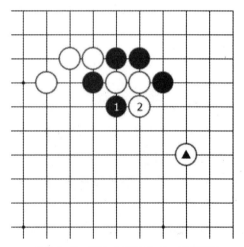

在边上有一颗▲白棋接应时，黑棋打吃，白棋是可以2位逃的。

例题图 4-1

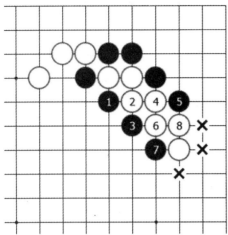

以下至白8，白棋取得连接，重要的是白棋出现了×三口气。黑棋没吃住白棋，自身断点太多，后果不堪设想。

例题图 5

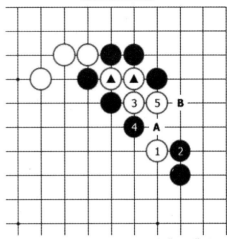

当棋子被征吃时，可以通过"引征"进行补偿。

如图，▲白棋被征吃，白1在征吃的前方行棋，黑2如应，白3再逃至白5，黑棋B位，白棋A位取得连接，黑棋A位，白棋B位出现三口气。

例题图 6

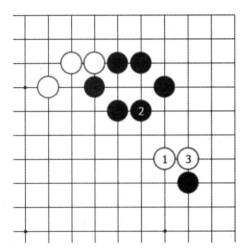

白1时，黑2位提子，白3就可以再走一步棋，以此减少被征吃的损失。

小结：
1. 征吃要特别注意打吃的方向，使对方始终无法长气。
2. 征吃要注意对方逃的方向是否有援兵接应。
3. 被征吃时，可以通过引征补偿。

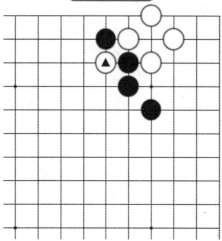

黑先，如何征吃▲白棋?

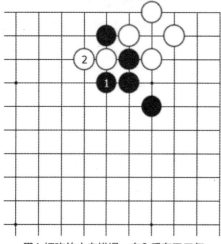

黑1 打吃的方向错误，白2 后有三口气。

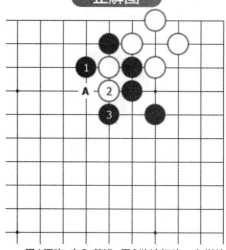

黑1征吃，白2 若逃，黑3继续打吃，白棋始终只剩一口气。

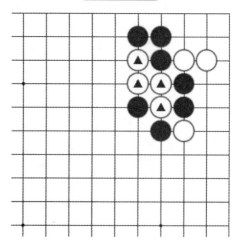

黑先，如何征吃▲白棋?

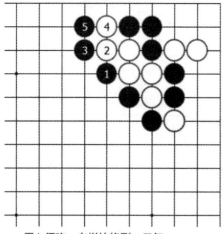

黑1 征吃，白棋始终剩一口气。

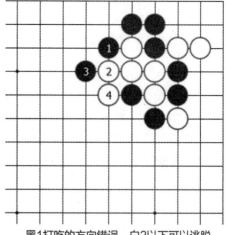

黑1打吃的方向错误，白2以下可以逃脱。

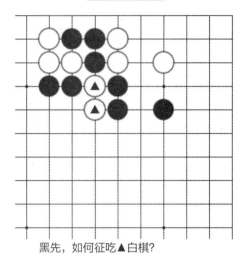

黑先，如何征吃▲白棋?

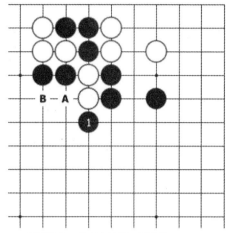

黑1征吃，白如A位逃，黑B位。

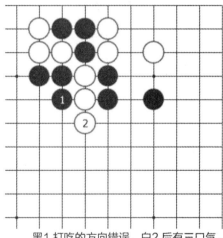

黑1打吃的方向错误，白2后有三口气。

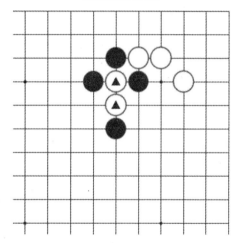

黑先，如何征吃▲白棋?

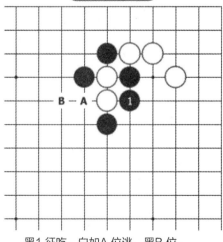

黑1征吃，白如A位逃，黑B位。

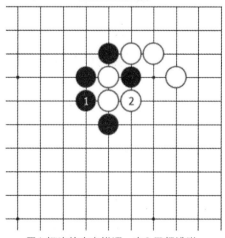

黑1打吃的方向错误，白2已经逃脱。

反打吃

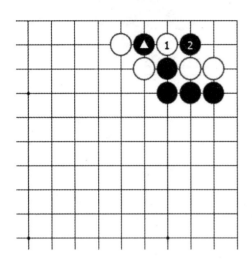

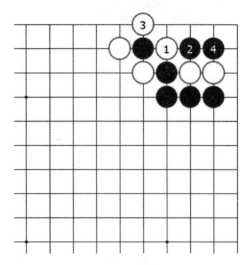

当棋子被打吃时，不去逃跑反过来打吃对方棋子，称为"反打吃"。

如图，白1打吃△黑子时，黑2反过来对白1也进行打吃。

续前图，白3提子，黑4配合黑2将角部白两子吃住。

小结：当棋子被打吃后，若逃跑不利可考虑反打吃进行利用。

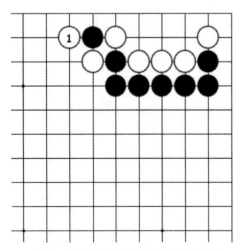

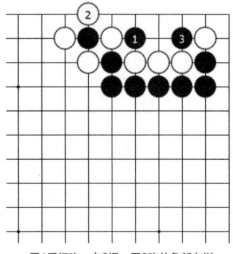

黑先，白1打吃，黑如何通过反打吃获利？

黑1反打吃，白2提，黑3吃住角部白棋。

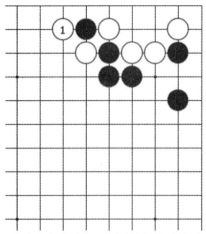

黑先，白1打吃，黑如何通过反打吃获利?

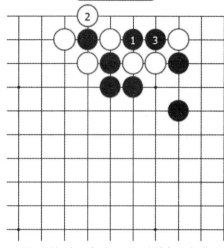

黑1反打吃，白2提，黑3吃住角部白棋。

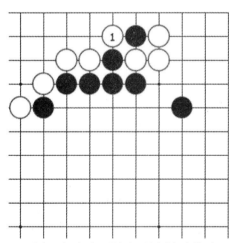

黑先，白1打吃，黑如何通过反打吃获利?

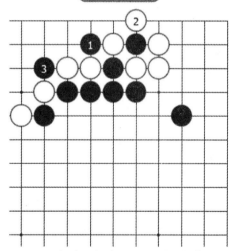

黑1反打吃，白2提，黑3形成双打吃。

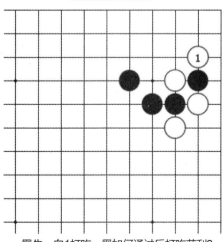

黑先，白1打吃，黑如何通过反打吃获利?

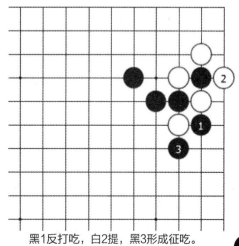

黑1反打吃，白2提，黑3形成征吃。

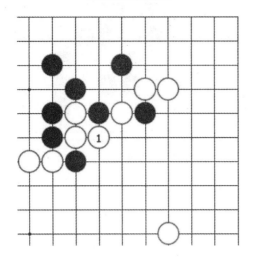

黑先，白1打吃，黑如何通过反打吃获利？

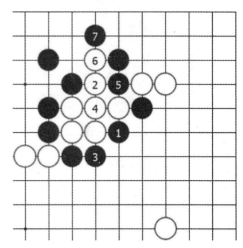

黑1反打吃，白若2位提，黑3以下可吃住白棋。黑1反打时，白若在3位逃出，则黑可于5位提白子获利。

扑、倒扑

例题图 1

例题图 1-1

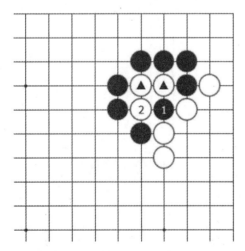

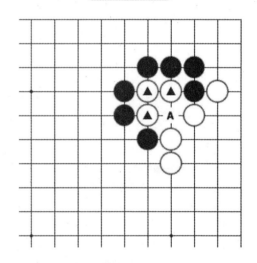

将棋子主动送入对方的虎口，称为"扑"，对方提子后剩余一口气，可以回提对方更多的子，称为"倒扑"。

如图，▲白棋有两口气，黑1扑入白棋的虎口，白2提子。

提子后的▲白棋只剩A位一口气，黑棋可以在A位提取▲白棋。

小结：扑是有目的性的主动弃子，倒扑是一种吃子技巧。

练习题 1

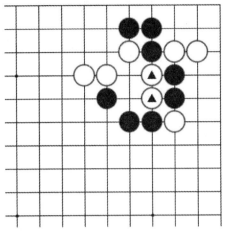

黑先，如何吃住▲白棋?

正解图

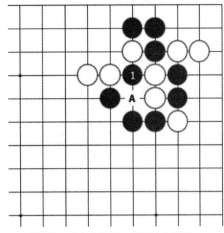

黑1扑，白若A位提，黑再1位回提。

失败图

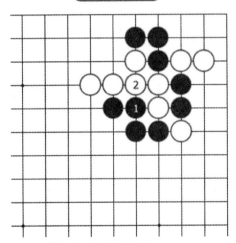

黑1若打吃，白2取得连接。

练习题 2

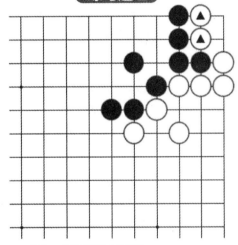

黑先，如何吃住▲白棋?

正解图

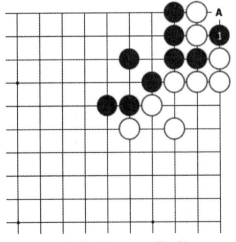

黑1扑，白若A位提，黑再1位回提。

失败图

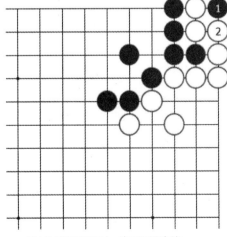

黑1扑的位置不对，白2取得连接。

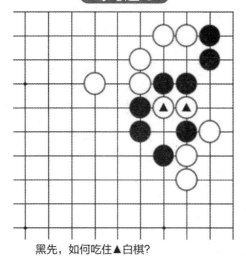

黑先，如何吃住▲白棋？

正解图

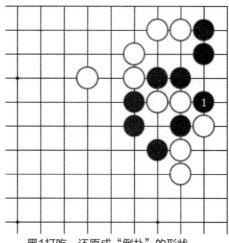

黑1打吃，还原成"倒扑"的形状。

失败图

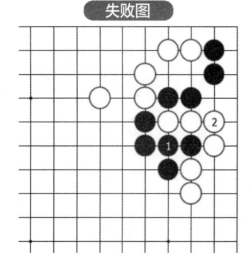

黑若1位，白2取得连接。

练习题 4

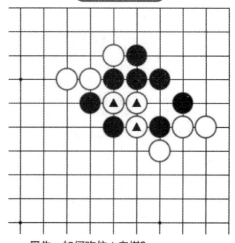

黑先，如何吃住▲白棋？

正解图

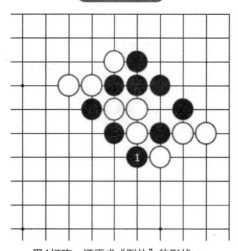

黑1打吃，还原成"倒扑"的形状。

失败图

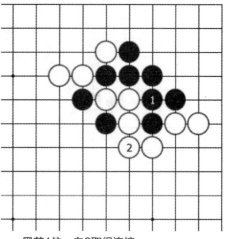

黑若1位，白2取得连接。

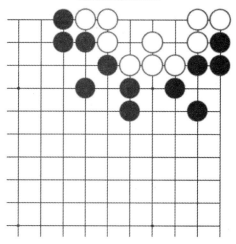

黑先，如何制造"倒扑"？

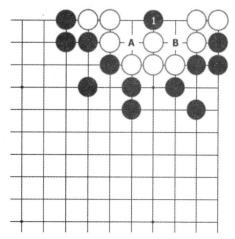

黑1是要点，以后A、B两处必得其一。

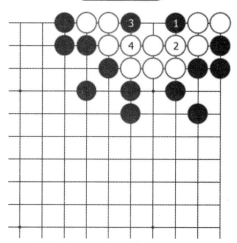

黑若1位打吃，白2接，黑3、白4，黑棋无收获。

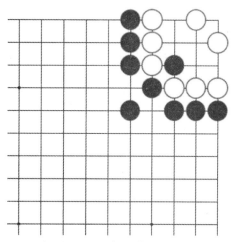

黑先，如何制造"倒扑"？

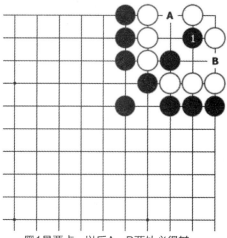

黑1是要点，以后A、B两处必得其一。

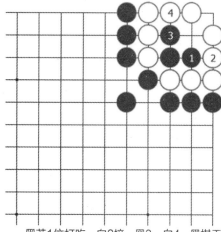

黑若1位打吃，白2接，黑3、白4，黑棋无收获。

接 不 归

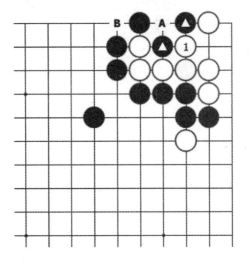

例题图

棋子被打吃后，即使连接仍难避免被吃的棋形，称为"接不归"。

如图，白1打吃，△黑棋有A、B两处需要连接。黑若A位接，白B位提子。黑若B位接，白A位提子，黑棋无法兼顾A、B两处的问题，故白1时，△黑棋是逃不掉的。

小结：当棋子气紧且有两处需要连接时，就应注意接不归。

练习题 1

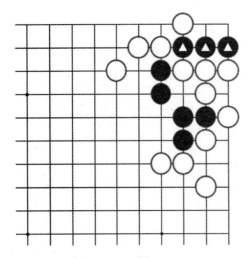

黑先，如何救出△黑棋?

正解图

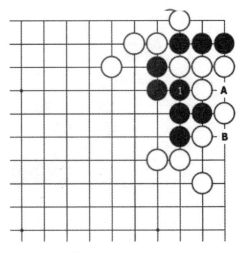

黑1打吃，白A、B不能兼顾，白棋是接不归。

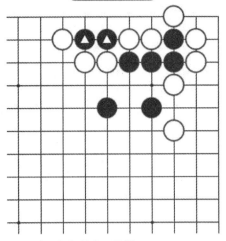

黑先，如何救出△黑棋?

正解图

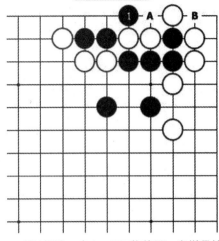

黑1打吃，白A、B不能兼顾，白棋是接不归。

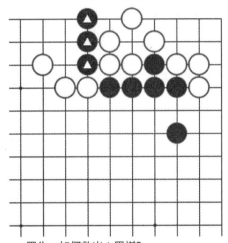

黑先，如何救出△黑棋?

正解图

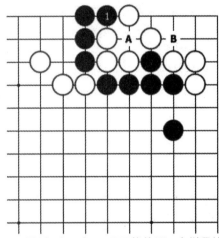

黑1打吃，白A、B不能兼顾，白棋是接不归。

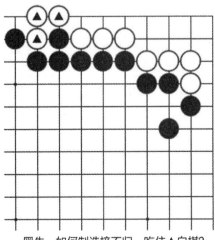

黑先，如何制造接不归，吃住▲白棋?

正解图

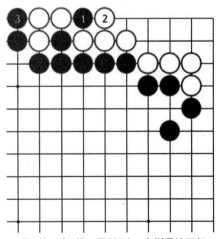

黑1扑，白2提，黑3打吃，白棋是接不归。

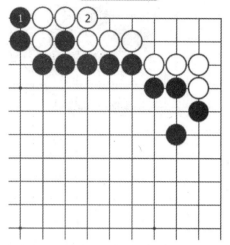

黑1若直接打吃，白2取得连接。

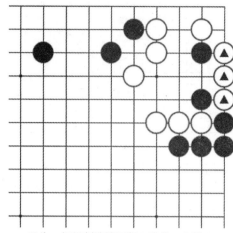

黑先，如何制造接不归，吃住▲白棋?

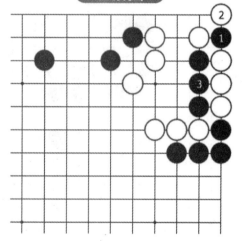

黑1扑，白2提，黑3打吃，白棋是接不归。

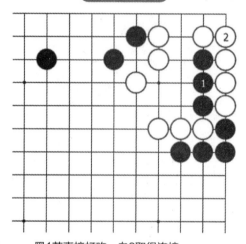

黑1若直接打吃，白2取得连接。

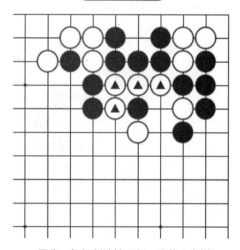

黑先，如何制造接不归，吃住▲白棋?

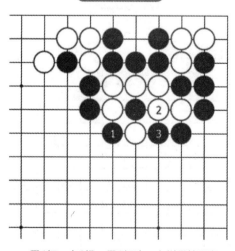

黑1打，白2提，黑3打吃，白棋是接不归。

劫　争

例题图 1

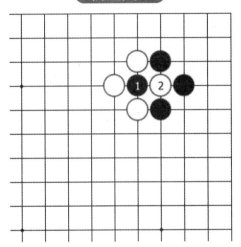

双方出现可以反复提取对方棋子的情况，称为"打劫"。

如图，黑1将白棋提取，接着白2也将黑棋提取，双方一直这样反复提子，棋局将无法结束。因此，围棋规则规定:打劫时，一方提子后，另一方不能马上回提，需另投他处，待对方跟应后，方可回提。

例题图 1-1

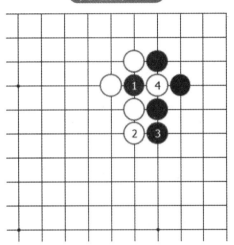

如图，黑1刚刚提子，白棋不能马上回提，白2要在别处行棋，如果黑3跟着走，白棋就可以4位回提。

例题图 1-2

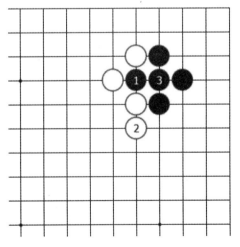

当然，白2时，黑棋可以3位接，这个劫就消除了。黑3结束了劫争，也称为"消劫"。

例题图 2

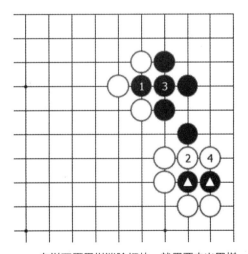

白棋不愿黑棋消除打劫，就需要走出黑棋必须跟着走的棋，这叫找"劫材"。就像白2，黑3如果消除打劫，白4可以吃到△两颗黑棋。

例题图 2-1

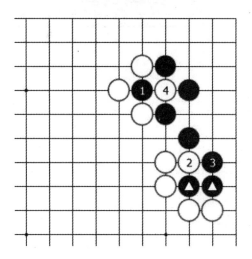

　　白2时，黑棋不愿△两颗子被吃，走3位，白棋就可以4位回提。

　　同样，黑棋还想继续打劫，也需要在别处走出白棋必须跟应的棋。

小结：

1. 打劫时，一方提子后，另一方不能马上回提。
2. 若想回提，需在别处走出对方必应的棋，称为找劫材。

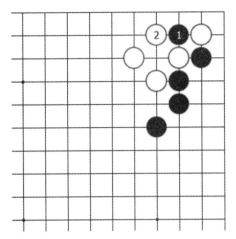

黑1、白2时，黑棋的下一步是？

正解图

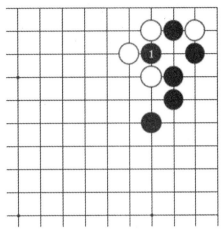

黑1提，形成打劫。

练习题 2

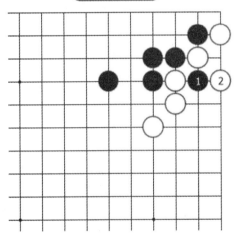

黑1、白2时，黑棋的下一步是？

正解图

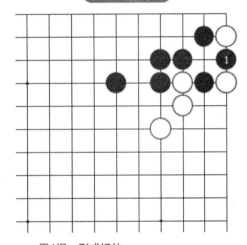

黑1提，形成打劫。

练习题 3

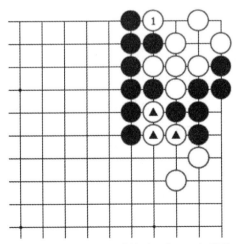

白1刚刚提劫，黑棋如何利用▲白棋找劫材？

正解图

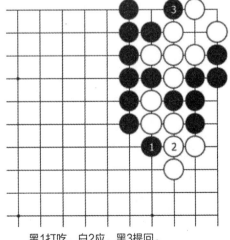

黑1打吃，白2应，黑3提回。

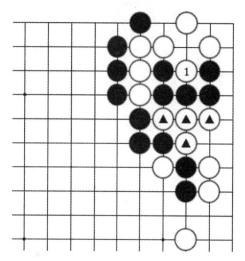

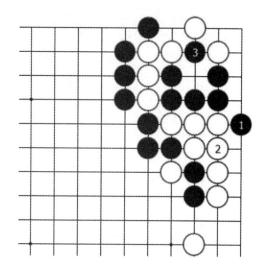

白1 刚刚提劫，黑棋如何利用▲白棋找劫材？

黑1 打吃，白2 应，黑3 提回。

打二还一

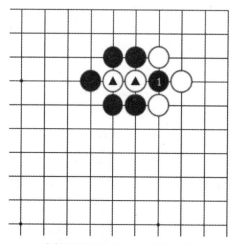

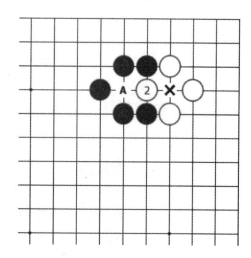

一方提子两颗，另一方回提一子，称为"打二还一"。

如图，黑棋1位提掉▲白棋两子。

（续前图）白2可以立即回提一子，白棋A位有气，现在×位成为黑棋的禁入点。

小结：与劫不同，"打二还一"不会出现反复提取。

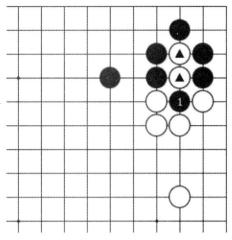

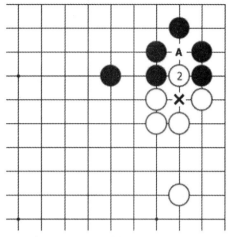

黑1 提掉▲白棋，白棋可以回提吗？

白2 可以回提，白棋A 位有气，此时×位成为黑棋的禁入点。

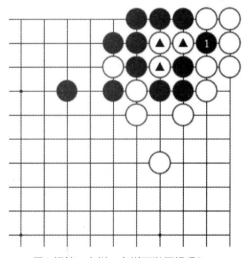

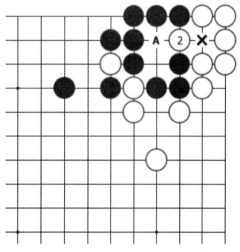

黑1 提掉▲白棋，白棋可以回提吗？

白2 可以回提，白棋A 位有气，此时×位成为黑棋的禁入点。

第4节 滚打与包收

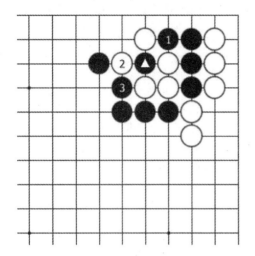

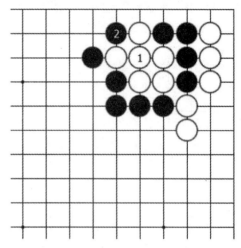

通过弃子，对敌方构成连续打吃并使其成为凝形，称为"滚打"，若因此擒获对方又称为"滚打包收"。

如图，△黑子被白棋打吃，黑棋不逃，而于黑1位打吃，白2提，黑3再打，即是"滚打"。

续前图，白1位接成凝形，黑2吃住整块白棋，实现"包收"。

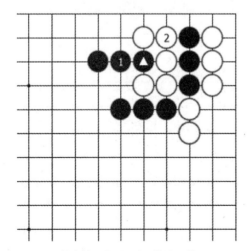

黑1若连接△黑子，白2逃过一劫。

小结：

1. "滚打包收"通常是先通过弃子，构成连续打吃最终吃掉对方的棋子。

2. 被打吃时，不匆忙逃跑或连接，摆脱惯性思维，是"滚打包收"的要领之一。

3. 滚打包收是十分严厉的吃子方法，"滚打包收俱谨避"。

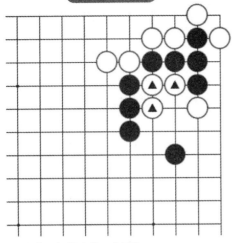

黑先，如何吃住▲白子？

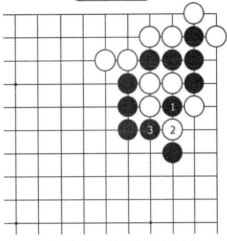

黑1扑，白2提，黑3滚打并吃住白棋。

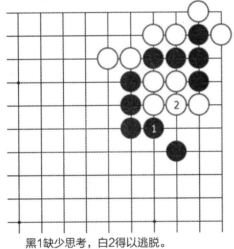

黑1缺少思考，白2得以逃脱。

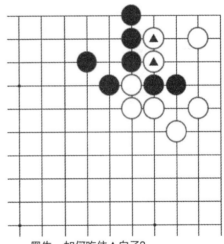

黑先，如何吃住▲白子？

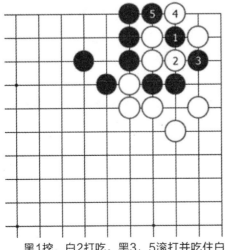

黑1挖，白2打吃，黑3、5滚打并吃住白棋。

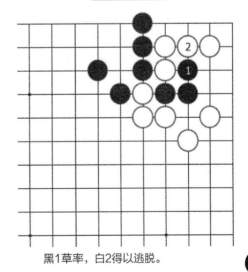

黑1草率，白2得以逃脱。

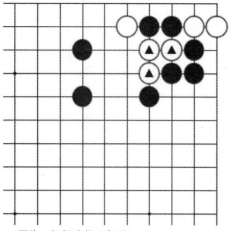

黑先，如何吃住▲白子？

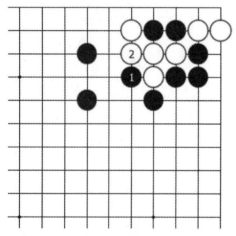

黑1草率，白2接得以逃脱。

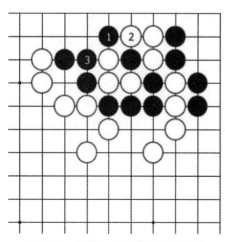

黑1反打，白2提，黑3滚打并吃住白棋。

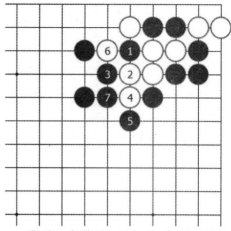

黑1断，白2打吃，黑3、5、7滚打并吃住白棋。

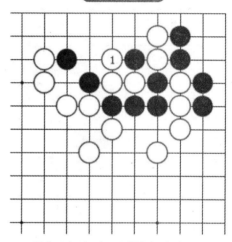

黑先，白1打吃，黑棋如何应对？

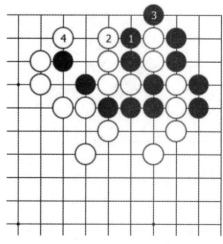

黑1打吃是惯性思维，结果不能满意。

练习题 5

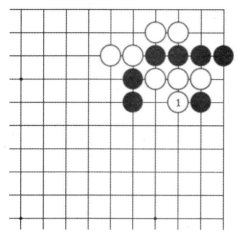

黑先，白1冲，黑棋如何应对？

正解图

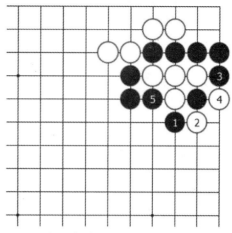

黑1扳，白2打吃，黑3、5滚打并吃住白棋。

失败图

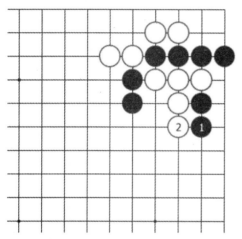

黑1逃是惯性思维，结果不能满意。

练习题 6

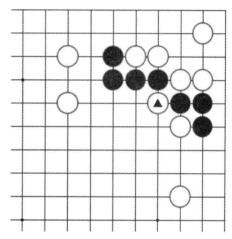

黑先，如何吃住▲白子？

正解图

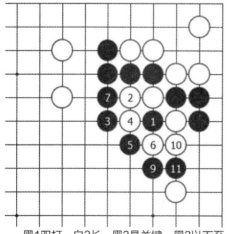

黑1双打，白2长，黑3是关键，黑3以下至黑11吃住白棋。

失败图

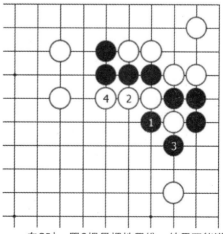

白2时，黑3提是惯性思维，结果不能满意。

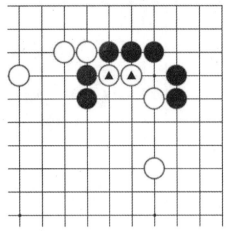

黑先，如何吃住▲白子?

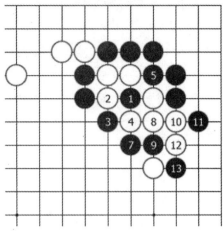

黑1挤，白2打吃，黑3反打，以下滚打并征吃白棋。

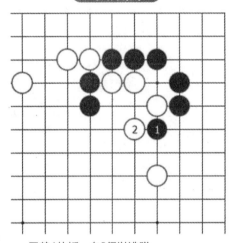

黑若1位扳，白2得以逃脱。

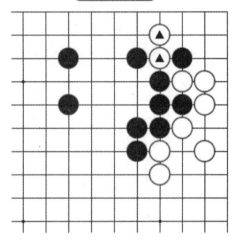

黑先，如何吃住▲白子?

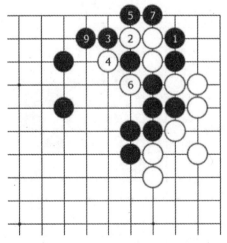

黑1挡，白2拐，黑3连扳，以下滚打并围吃白棋。

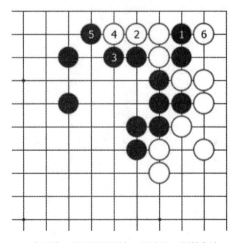

白2时，黑3如果退缩，至白6，黑棋失败。

第二章 死活常识

第1节 眼与活棋

真眼、假眼

例题图 1

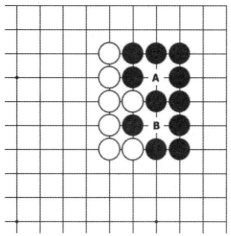

一方棋子围住的交叉点称为"眼"。

"眼"有真假之分，A位是白棋的禁入点，是黑棋的"真眼"，B位不是白棋的禁入点，是黑棋的"假眼"。

例题图 2

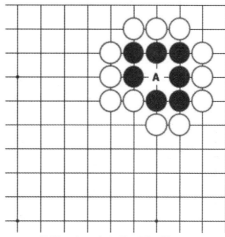

一块棋只有一个真眼不是活棋。

如图，黑棋只有A位一个真眼，当整块黑棋被白棋包围后，白棋A位可以提取整块黑棋。

例题图 3

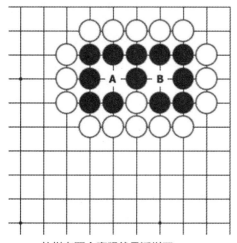

一块棋有两个真眼就是活棋了。

如图，黑棋有A位、B位两个真眼，即使被白棋包围，黑棋也是活棋。A、B两处对白棋都是禁入点。

例题图 4

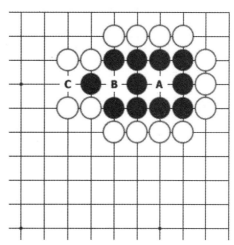

棋形以后会出现部分被打吃，就是"假眼"。

如图，黑棋A位是真眼，B位是假眼，以后白棋C位打吃后可以B位提子，这块黑棋不是活棋。

小结：

　1.一方棋子围住的交叉点称为"眼"。

　2.构成眼的各部分不会单独被提吃是"真眼"，棋形以后会出现部分被提吃是"假眼"。

　3.一块棋有两个真眼就是"活棋"了。

练习题 1

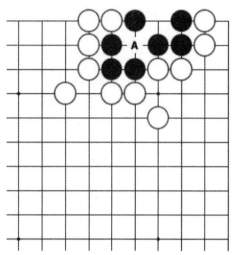

黑棋A 位是真眼吗?

分析图

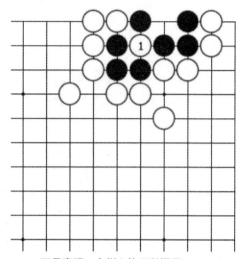

不是真眼，白棋1 位可以提子。

练习题 2

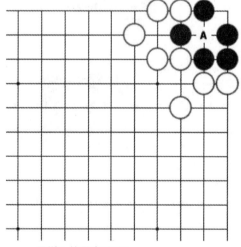

黑棋A 位是真眼吗?

分析图

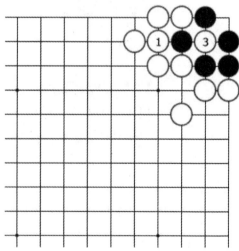

不是真眼，白1 打吃，以后3位可以提子。

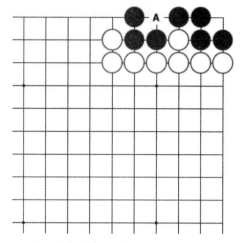

黑棋A 位是真眼吗?

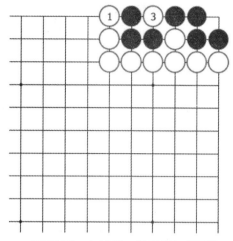

不是真眼,白1打吃,以后3位可以提子。

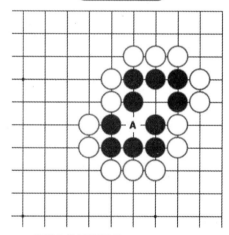

黑棋A 位是真眼吗?

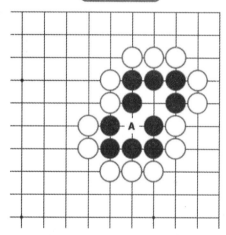

是真眼,A 位也是白棋的禁入点。

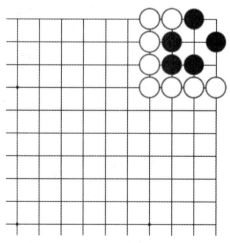

黑先,如何做眼活棋?

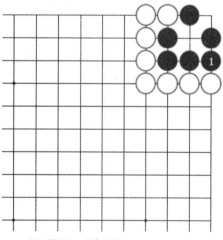

黑1 做眼,成为活棋。

练习题 6

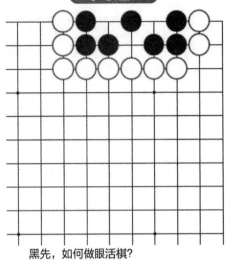

黑先，如何做眼活棋？

正解图

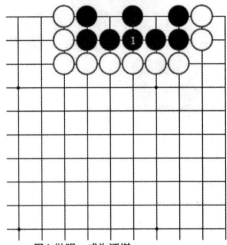

黑1做眼，成为活棋。

练习题 7

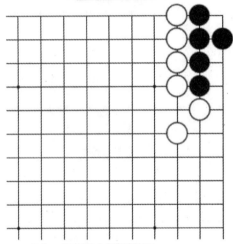

白先，如何阻止黑棋做眼？

正解图

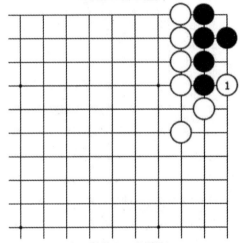

白1阻止黑棋做眼，黑棋被杀。

练习题 8

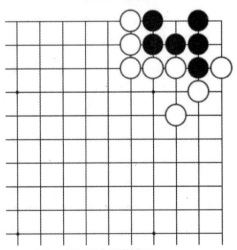

白先，如何阻止黑棋做眼？

正解图

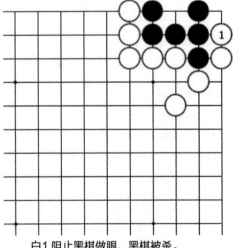

白1阻止黑棋做眼，黑棋被杀。

双 活

例题图 1

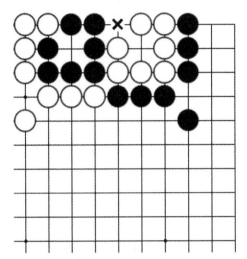

　　黑白双方相互包围，虽然彼此都没有两只眼，但出现都不敢继续紧气的情况时，称为"双活"。

　　如图，×位双方都不敢行棋,双方形成了一只眼也能活棋的现象。

例题图 1-1

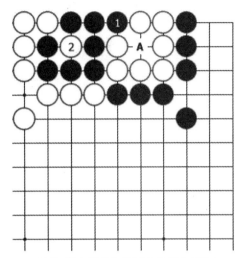

　　黑若1紧白棋的气同时也是紧自己的气，白2就可以吃掉黑棋。同样，白若走黑1位，黑棋可以A位提取白棋。双方没有两只眼但都不敢紧气去吃对方，形成了共存现象。

例题图 2

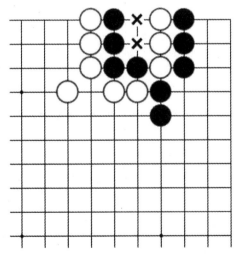

　　本图黑白双方一只眼都没有，但×位双方都不敢行棋，所以是"双活"。其中×位属于双方的气，称为"公气"。

例题图 3

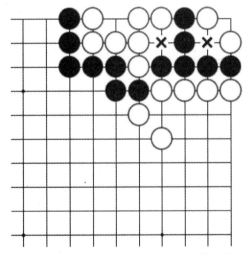

　　本图虽然白棋有眼黑棋无眼，但×位双方都不敢下，所以也是"双活"。因为彼此分割成三块棋，也称为"多方活"。

> 小结：
> 1. "双活"是没有两只眼也能活棋的特别现象。
> 2. "双活"的特点是必须存在"公气"。

练习题 1

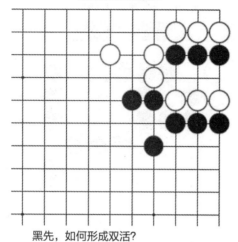

黑先，如何形成双活？

正解图

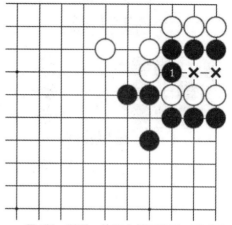

黑1断，以后×位双方都不敢下，形成双活。

练习题 2

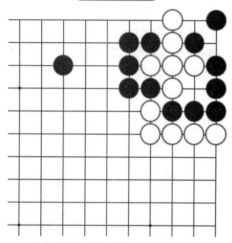

黑先，如何形成双活？

正解图

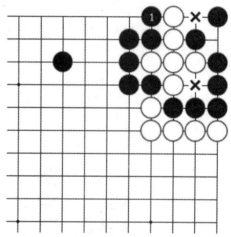

黑1紧气，以后×位双方不敢下，形成双活。

练习题 3

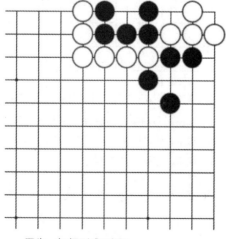

黑先，如何形成双活？

正解图

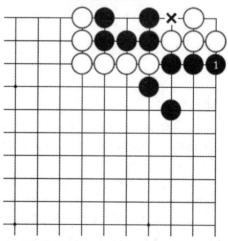

黑1从外面紧气，×位双方不敢下，形成双活。

直三、曲三

例题图 1

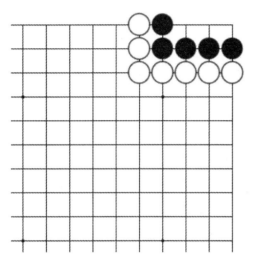

一块棋被包围，一方行棋可活，另一方行棋可杀，具备最基本的死活条件，属死活基本型。如图，被包围的黑棋自身有三个交叉点，它就具备了基本的死活条件。黑棋围住的三个交叉点直线相连，称为"直三"。

例题图 1-1

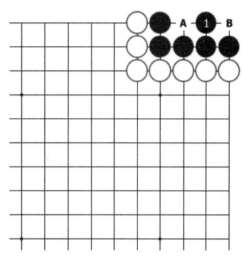

黑1后，黑棋有A、B两个眼，黑是活棋。

例题图 1-2

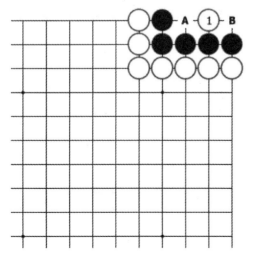

白1后，黑棋A、B两处的眼消失，黑是死棋。

例题图 2

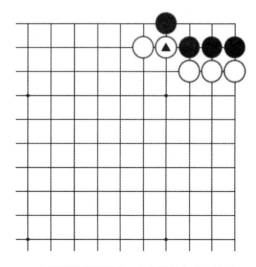

本图黑棋貌似直三，▲白棋的存在，给黑棋的棋形造成了缺陷。

例题图 2-1

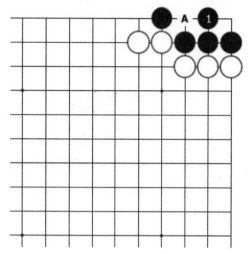

即使黑棋1位，A处也是假眼，黑是死棋。

例题图 3

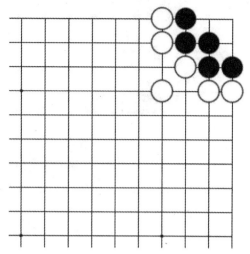

本图黑棋围住的三个交叉点曲线相连，称为"曲三"。

例题图 3-1

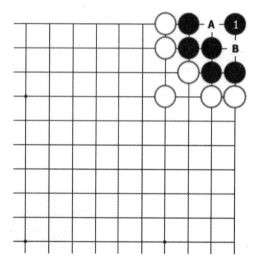

黑1后，黑棋有A、B两个眼，黑是活棋。

例题图 3-2

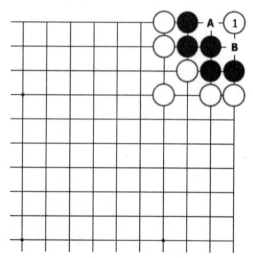

白1后，黑棋A、B两处的眼消失，黑是死棋。

小结：
1. 被包围的一块棋，有三个交叉点以上，才有做活的可能性。
2. 棋形无缺陷的前提下，直三、曲三是后手活（先走才能活）。

丁四、直四、曲四、方四

例题图 1

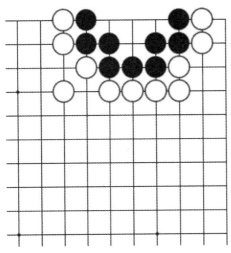

本图黑棋围有四个交叉点，形似汉字"丁"，称为"丁四"。

例题图 1-1

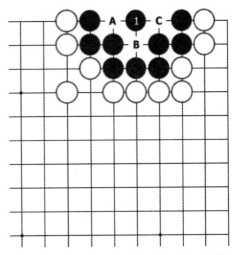

黑1后，黑棋有A、B、C三个眼，黑是活棋。

例题图 1-2

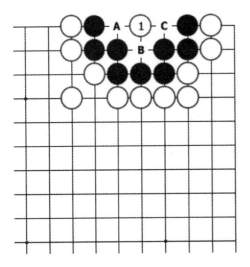

白1后，黑棋A、B、C三处的眼消失，黑是死棋。

例题图 2

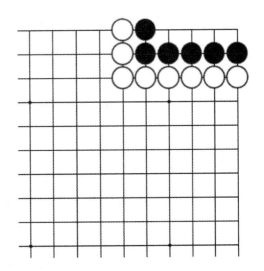

本图黑棋围了四个直线相连的交叉点，称为"直四"。

例题图 2-1

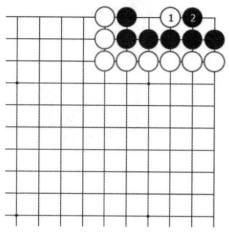

白棋如果1位，黑棋2位可活，反之亦然。

例题图 3

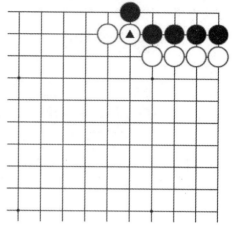

本图黑棋貌似直四，▲白棋的存在，给黑棋的棋形造成了缺陷。

例题图 3-1

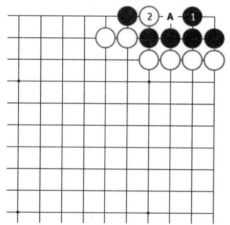

黑1做眼，白2扑，黑A位提子是假眼，黑是死棋。

例题图 4

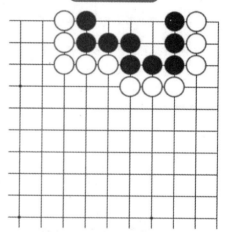

本图黑棋围住的四个交叉点曲线相连，称为"曲四"。

例题图 4-1

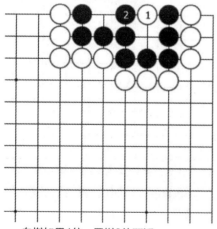

白棋如果1位，黑棋2位可活。

例题图 5

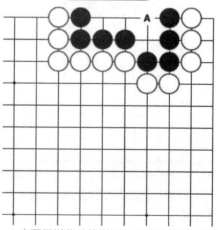

本图黑棋曲四的棋形，存在被白棋A位打吃的缺陷。

例题图 5-1

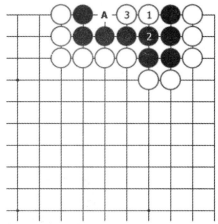

　　白1打吃，黑2接，白3长，黑棋A位提后是一个眼，黑是死棋。

例题图 6-1

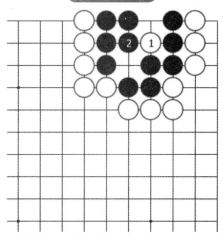

　　白棋如果1位，黑棋2位可活。

例题图 7-1

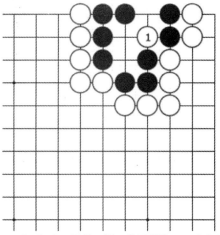

　　白1打吃，黑是死棋。若黑棋先下，应在1位补棋。

例题图 6

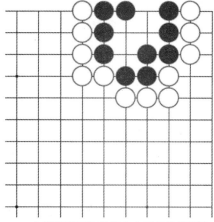

　　本图黑棋围住的四个交叉点曲线相连，也称为"曲四"。

例题图 7

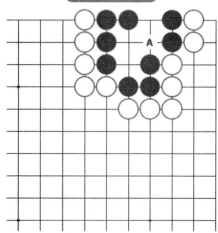

　　本图黑棋曲四的棋形，存在被白棋A位打吃的缺陷。

例题图 8

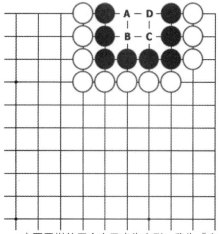

　　本图黑棋的四个交叉点为方形，称为"方四"。A—D位任何一点黑棋下则成为曲三，然后被白棋点入，所以方四是死棋。

练习题 1

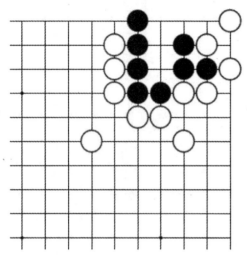

黑先，如何做活？

正解图

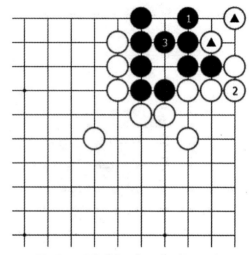

黑1立，形成"直三"，白2救回▲白两子，黑3做活。

失败图

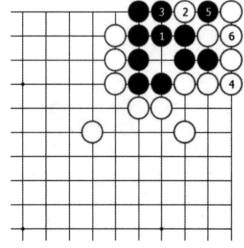

黑1匆忙做眼，白2破眼，以下至白6，黑棋不活。

练习题 2

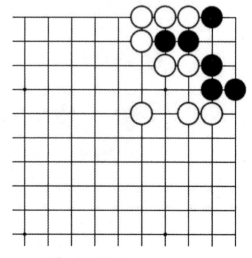

黑先，如何做活？

正解图

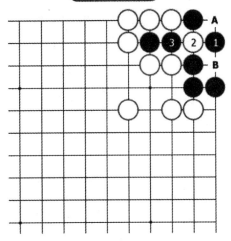

黑1做出A、B两眼，白2提子，黑可"打二还一"回提，黑是活棋。

练习题 3

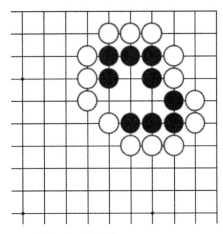

黑先，如何做活?

正解图

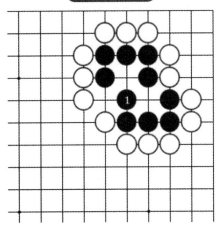

黑1做出两眼活棋。

失败图

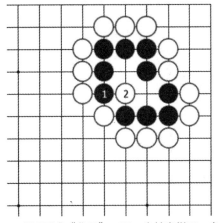

黑1形成"曲三"，下一步轮白棋下，白2点，黑棋不活。

练习题 4

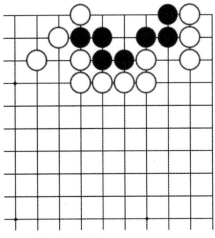

黑先，如何做活?

正解图

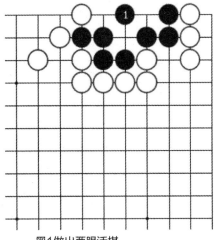

黑1做出两眼活棋。

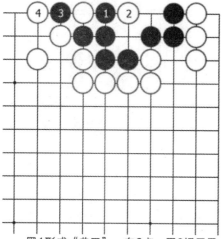

黑1形成"曲三"，白2点，黑3提子是假眼，黑棋不活。

正解图

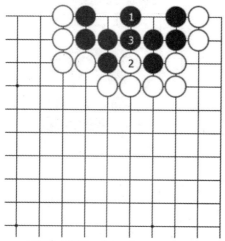

黑1做出两眼，白2、黑3，黑是活棋。

练习题6

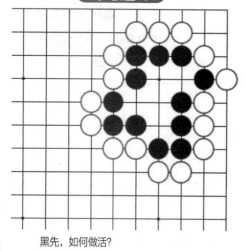

黑先，如何做活?

练习题5

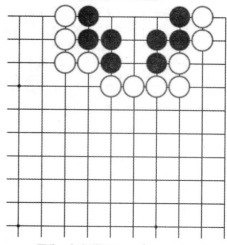

黑先，如何做活?

失败图

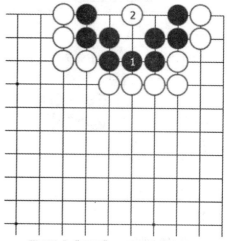

黑1形成"丁四"，下一步轮白棋下，白2点，黑棋不活。

正解图

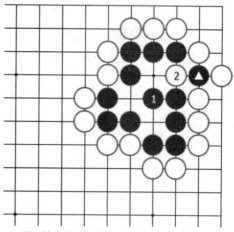

黑1做出两眼活棋，白2吃到△黑棋一颗子无妨。

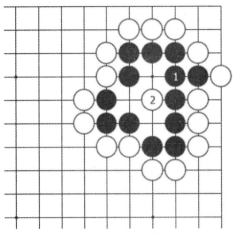

黑1如果连接一子，因小失大，白2点，黑棋不活。

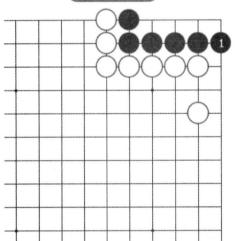

黑1立，形成"直四"，黑是活棋。

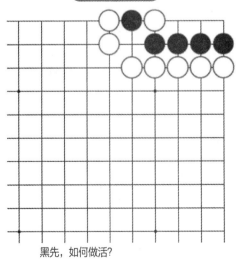

黑先，如何做活？

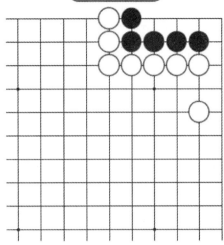

黑先，如何做活？

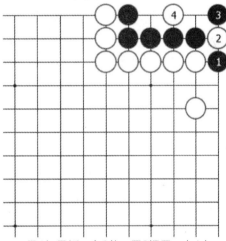

黑1如果扳，白2扑，黑3提子，白4点，黑棋不活。

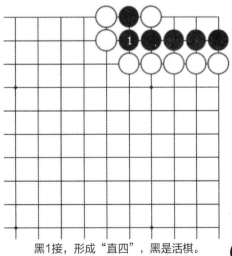

黑1接，形成"直四"，黑是活棋。

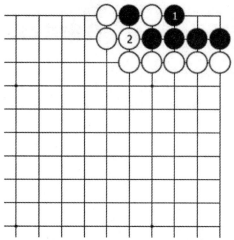

黑1如果提子，被白2打吃，黑棋是假眼。

正解图

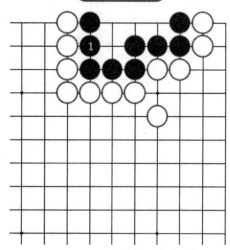

黑1接，形成"曲四"，黑是活棋。

练习题 10

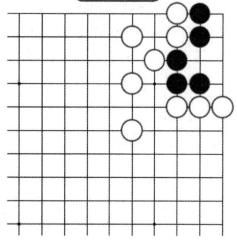

黑先，如何做活？

练习题 9

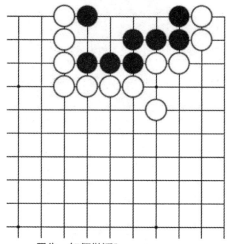

黑先，如何做活？

失败图

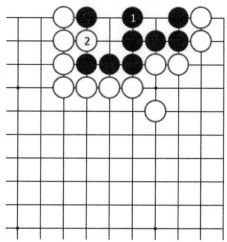

黑1如果做眼，被白2冲，黑棋不活。

正解图

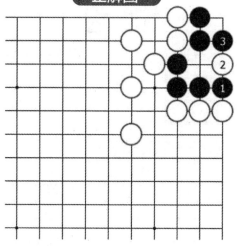

黑1立，形成"曲四"，白若2位，黑3位，黑是活棋。

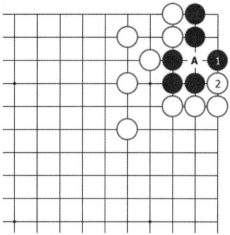

黑1貌似在做眼，被白2挤，黑A位是假眼，黑棋不活。

正解图

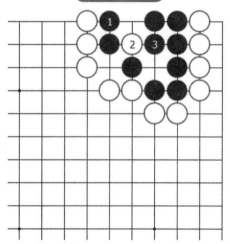

黑1立，形成"曲四"，白若2位，黑3位，黑是活棋。

练习题 12

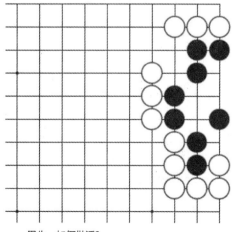

黑先，如何做活？

练习题 11

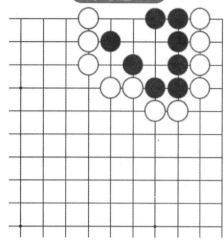

黑先，如何做活?

失败图

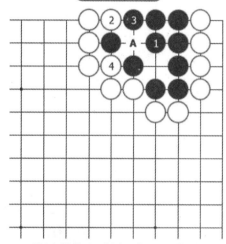

黑1匆忙做眼，被白2冲，黑A位是假眼，黑棋不活。

正解图

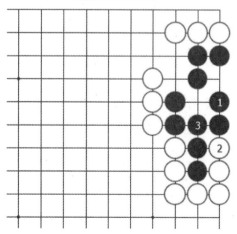

黑1做出两眼，白2打吃，黑3接，黑是活棋。

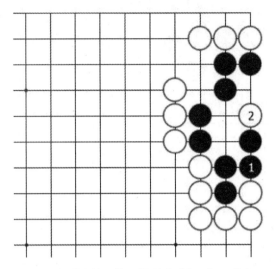

黑1如果在这里接，虽形成"曲四"，但由于气紧被白2位打吃，黑棋不活。

刀五、花六

例题图 1

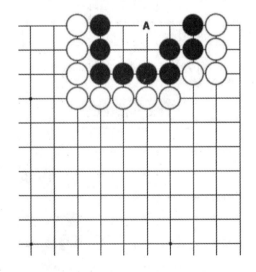

本图黑棋围有五个交叉点，形似菜刀，称为"刀五"，A位是"刀五"的弱点，是黑白双方必争的要点。

例题图 1-1

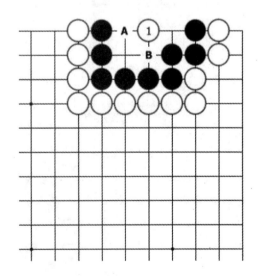

白1点入，黑棋被杀。以后黑如果A位，白B位，黑走B位，白A位。

例题图 1-2

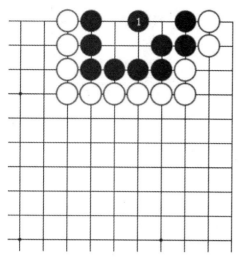

黑1走到这里也是做活的要点。

例题图 2

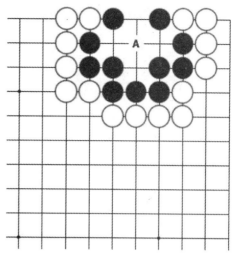

本图黑棋围有五个交叉点，形似花朵，称为"花五"，A位是"花五"的弱点，是黑白双方必争的要点。

例题图 2-1

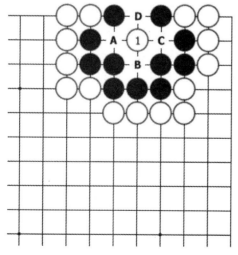

白1点入，黑棋被杀。以后A—D位黑走其一，都还原为丁四被点。

例题图 2-2

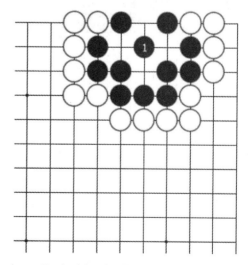

黑1走到这里也是做活的要点。

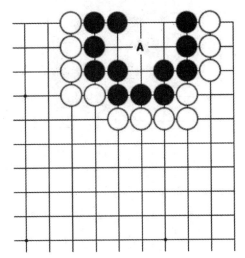

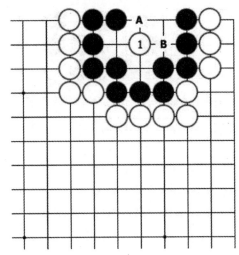

本图黑棋围有六个交叉点，形似花朵，称为"花六"，A位是"花六"的弱点，是黑白双方必争的要点。"花六"是在"花五"的基础上又多了一个交叉点，因其形状像一串葡萄，也有人称其为"葡萄六"。

白1点入，黑棋被杀。以后黑如果A位，白B位，反之亦然。

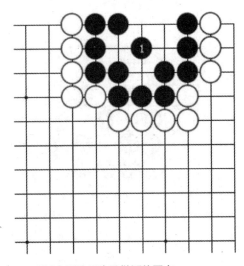

黑1走到这里也是做活的要点。

小结：刀五、花五、花六都是先走才能活，是"后手活"。

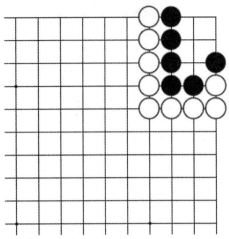

白先，如何杀黑？

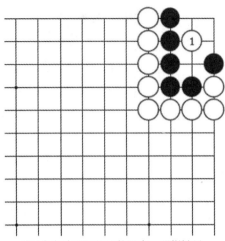

白1点在这里是刀五的弱点，黑棋被杀。

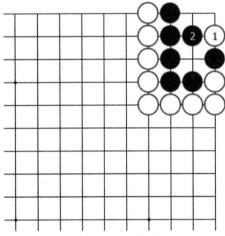

白1如果打吃，黑2可以做劫。

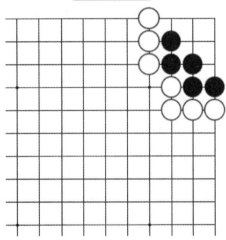

黑先，如何做活？

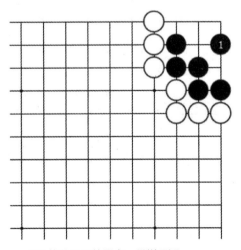

黑1位是刀五的要点，黑棋已活。

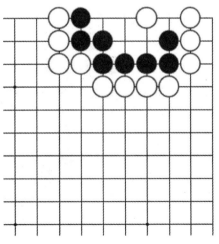

黑先，如何做活？

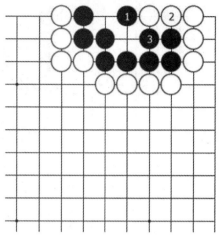

黑1位是刀五的要点，白2接，黑3做活。

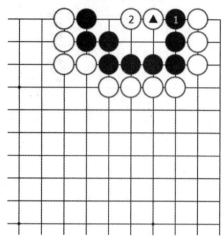

黑1如果切断▲白棋，白2长，黑棋被杀。

练习题 4

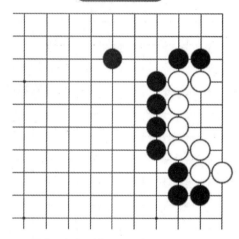

黑先，如何杀白？

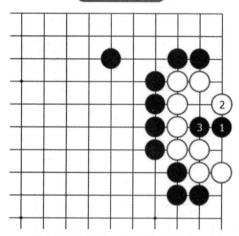

黑1点在这里是刀五的要点，白如2位抵抗，黑3长，白棋被杀。

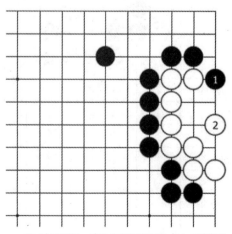

练习题 5

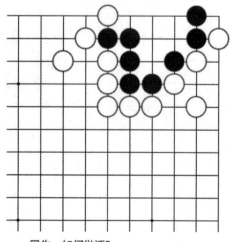

黑1如果扳，白2走到刀五要点，白棋已活。

黑先，如何做活？

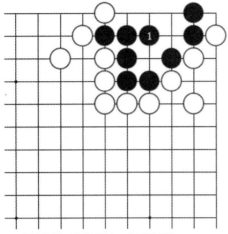

黑1位是刀五的要点，黑棋已活。

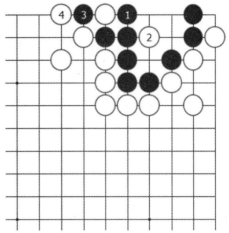

黑如果1位挡，白2走到刀五要点，黑3提子是假眼，黑棋被杀。

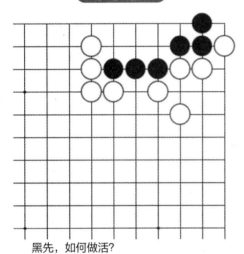

黑先，如何做活？

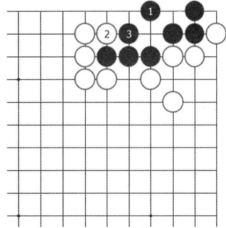

黑1位是刀五的要点，白如2位冲，黑3做活。

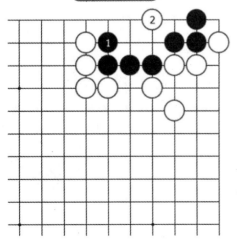

黑如果1位挡，白2走到刀五要点，黑棋被杀。

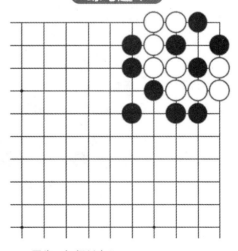

黑先，如何杀白？

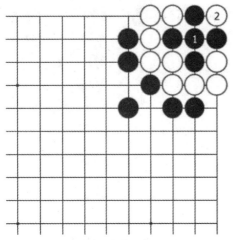

黑1接，形成"花五"，白2提子。

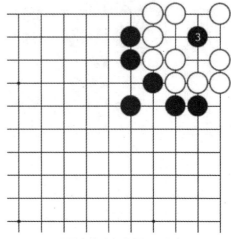

黑3走到花五要点，白棋不活。

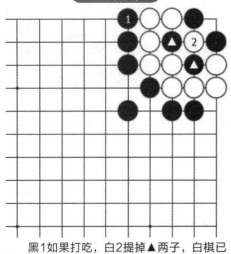

黑1如果打吃，白2提掉▲两子，白棋已活。

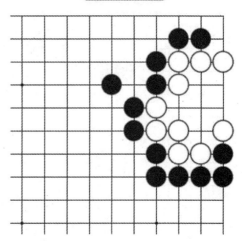

黑先，如何杀白？

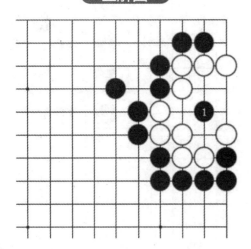

黑1点在这里是花六的弱点，白棋被杀。

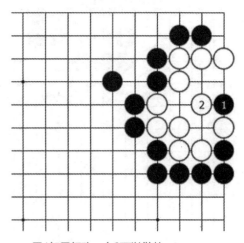

黑1如果打吃，白2可以做劫。

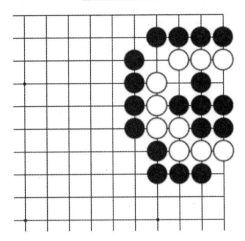

黑先，如何杀白?

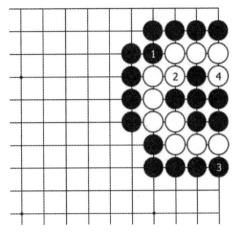

黑1挤，白棋已经被杀。白2以下演示，黑3、白4提子。

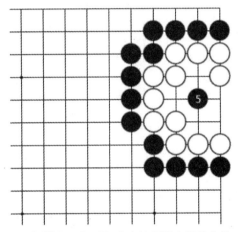

白棋提子后，黑5点在这里是白棋花六的弱点，白棋被杀。

第3节 做眼与破眼

做眼的方法

例题图 1

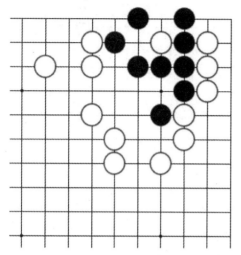

一块棋被包围后，如何做出两眼是生存的关键，应根据情况选择合适的做眼方法。如图，黑棋面临如何做眼的问题。

例题图 1-1

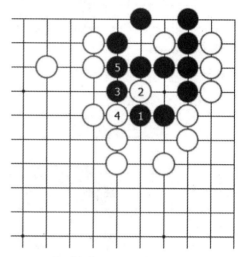

黑1位"并"做眼正确，白若2位，黑3应，白4时，黑5冷静。黑5若提子，被白棋走在5位就成了假眼。

例题图 1-2

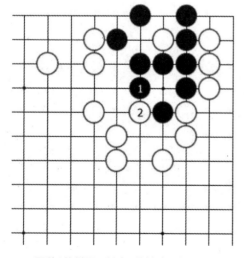

黑若1位做眼，被白2位挤成了假眼。

例题图 2

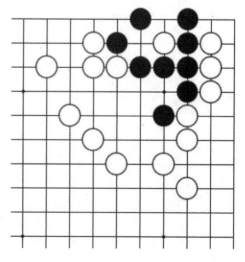

本图与前图的情况不同了，黑棋需要找到合适的方法。

例题图 2-1

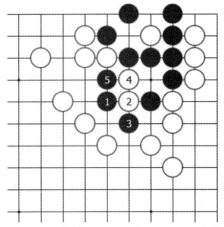

黑1位"跳"是做眼的好手，白若2位破眼，黑3以下可以 应对。

例题图 2-2

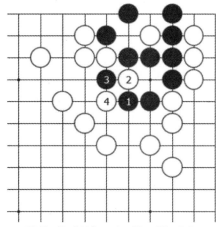

黑若1位"并"，白2挖，黑3吃白2一子不是真眼。

例题图 3

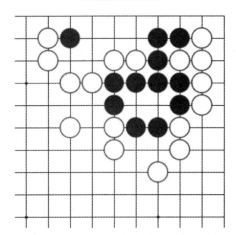

本图黑棋需要在边上找到合适的做眼手法。

例题图 3-1

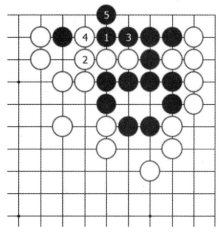

黑1"跳夹"是好棋，白2连接，黑3以下做活。

例题图 3-2

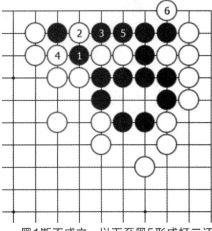

黑1断不成立，以下至黑5形成打二还一，白6破眼。

例题图 3-3

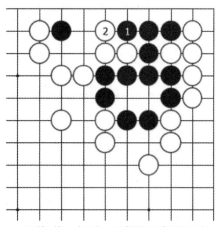

黑若1位，白2应，黑棋的眼位空间不够。

例题图 4

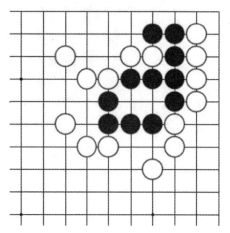

本图的情况黑棋如何做眼呢?

例题图 4-1

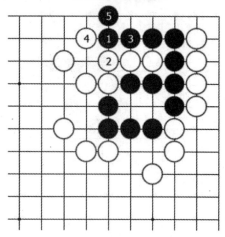

黑1位"跳点"正确,白2连接,黑3以下做活。

例题图 4-2

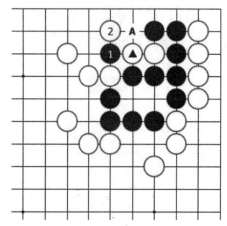

黑若1位打吃,白2反打是好棋,黑A位提后白可以▲处扑,黑棋失败。

例题图 5

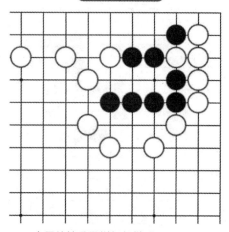

本图的情况黑棋如何做眼?

例题图 5-1

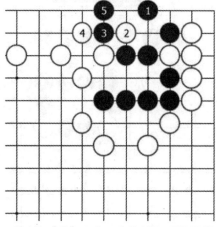

黑1位"虎"正确,白若2扳,黑3可以断,至黑5做活。

例题图 5-2

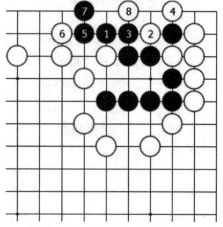

黑若1位扳,白可以不理从2位断,以下黑棋失败。

例题图 6

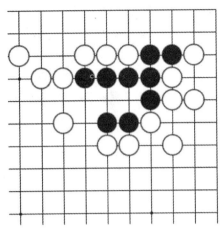

本图的情况黑棋如何做眼?

例题图 6-1

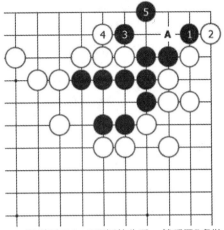

黑棋利用1、3两扳的先手，然后黑5虎做活，白棋在A位断是不成立的。

例题图 6-2

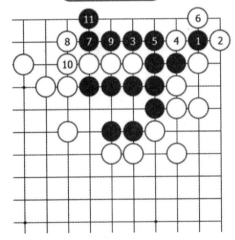

黑3时，白若4位破眼，以下黑7跳夹是好棋。

例题图 6-3

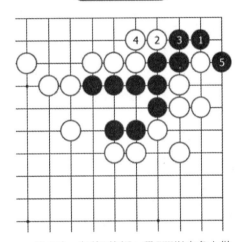

黑1时，白若2位扳，黑5可以在角上做眼。

例题图 6-4

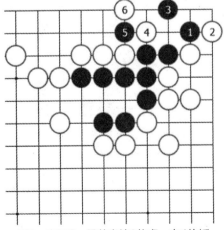

黑1、白2后，黑若直接3位虎，白4位扳，黑5断时，白6打吃方向正确，黑棋失败。

例题图 6-5

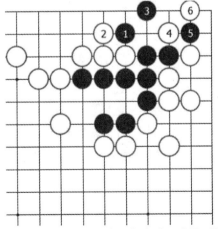

黑1、3从这边扳虎，白4扳大同小异，黑5断，白6打吃方向正确，黑棋失败。

例題図 7

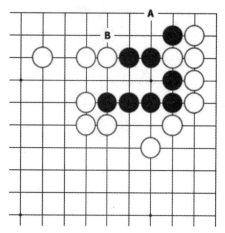

本图的情况黑棋在A、B两处都做不出眼时，就只好寻求其他办法了。

例題図 8

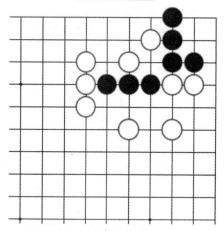

本图的情况黑棋不仅要保护断点，还需要想办法做眼。

例題図 9

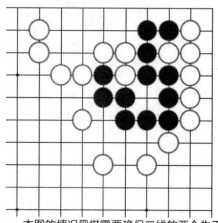

本图的情况黑棋需要确保二线的两个先手才能做活。

例題図 7-1

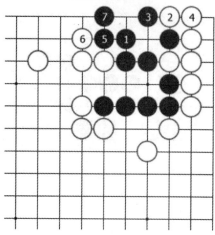

黑1是这种场合的下法，白2打吃，黑3做劫，假设劫材黑有利，白4粘，黑5以下继续做眼。

例題図 8-1

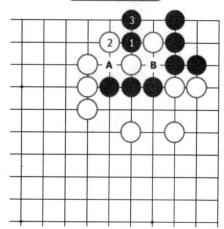

黑1位"挤"是妙手，白2打吃，黑3立将A、B两处视为必得其一。

例題図 9-1

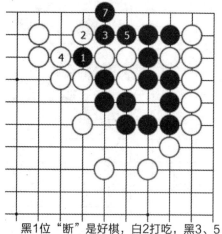

黑1位"断"是好棋，白2打吃，黑3、5先手后做眼（白6=黑1）。

例题图 9-2

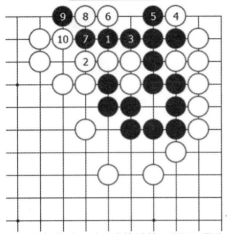

黑若1位夹，白2冷静地粘，黑3不是先手，白4、6破眼，以下至白10，黑棋失败。

练习题 1

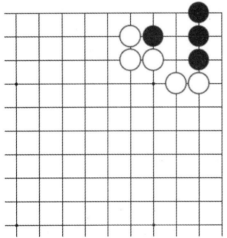

黑先，如何做活？

正解图

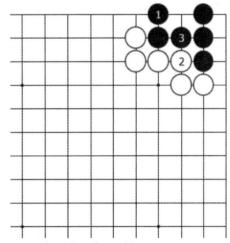

黑1是正解，至黑3做活。

练习题 2

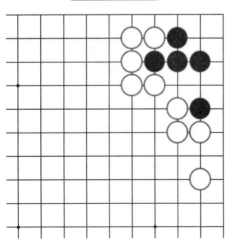

黑先，如何做活？

正解图

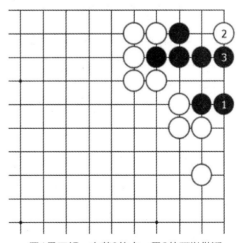

黑1是正解，白若2位点，黑3位可以做活。

练习题 3

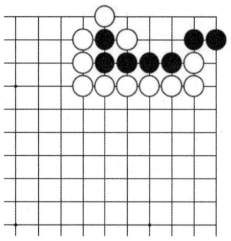

黑先，如何做活？

正解图

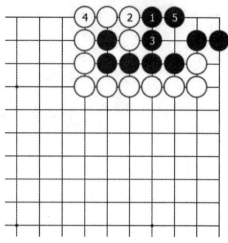

黑1跳是正解，以下至黑5做活。

失败图

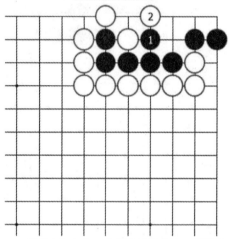

黑若1位打吃，白2反打形成劫，黑棋不满。

练习题 4

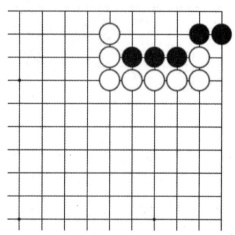

黑先，如何做活？

正解图

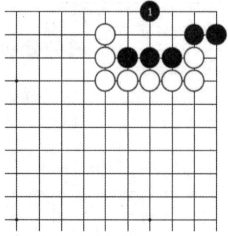

黑1跳是正解，活得很清楚。

失败图 1

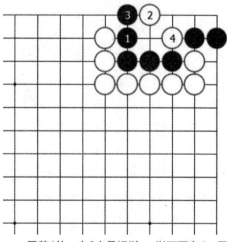

黑若1位，白2点是好棋，以下至白4，黑棋失败。

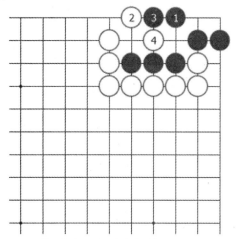

黑若1位虎，白2尖是好棋，黑3时，白4可以挖。

正解图

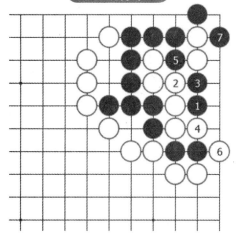

黑1跳夹是好棋，白2应，黑3以下至黑7做活。

失败图

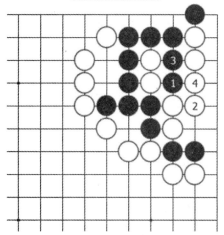

黑若1位断，白2是冷静的好手，至白4，黑棋失败。

练习题5

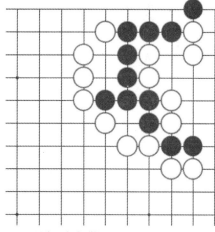

黑先，如何做活？

变化图

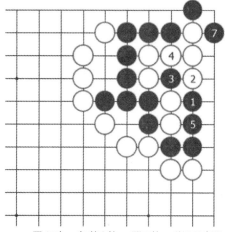

黑1时，白若2位，黑3扑，以下至黑7，白棋不行（白6=黑3）。

练习题6

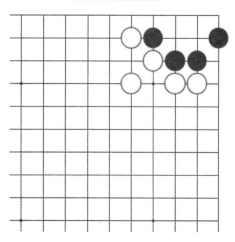

黑先，如何做活？

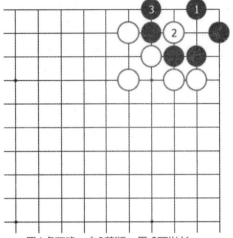

黑1虎正确，白2若断，黑3可以长。

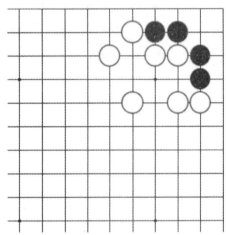

黑先，如何做活?

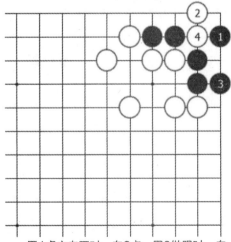

黑1虎方向不对，白2点，黑3做眼时，白4可以断。

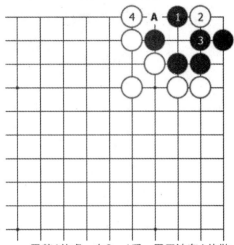

黑若1位虎，白2、4后，黑无法在A位做眼。

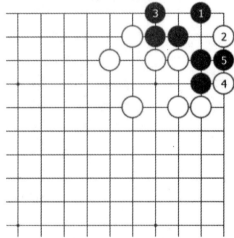

黑1虎正确，白若2位点，黑3以下可以做活。

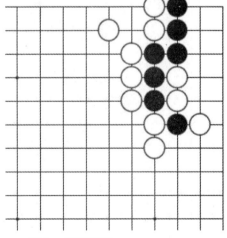

黑先，如何做活?

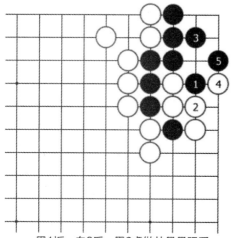

黑1扳，白2后，黑3虎做劫是最强手。

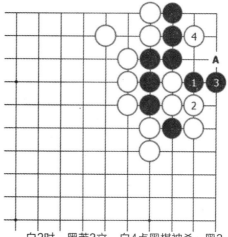

白2时，黑若3立，白4点黑棋被杀。黑3
若走A位白仍4位点。

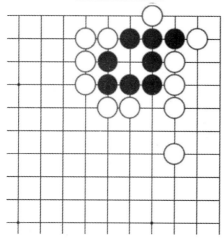

黑先，如何做活？

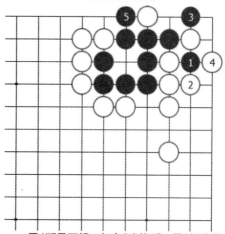

黑1断是正解，与白2交换后，黑3打吃是
先手，至黑 5做活。

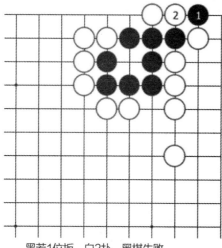

黑若1位扳，白2扑，黑棋失败。

破眼的方法

例题图 1

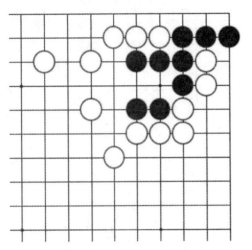

当对方的眼位并不完善时，可以设法予以破坏，并且根据情况的不同，破眼的方法也不同。如图，黑棋面临如何破眼的问题。

例题图 1-1

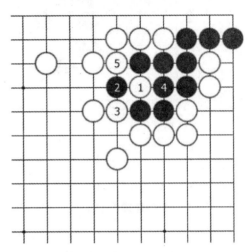

白1"挖"是此际破眼的好手，黑2打吃抵抗，以下至白5，黑棋被杀。

例题图 2

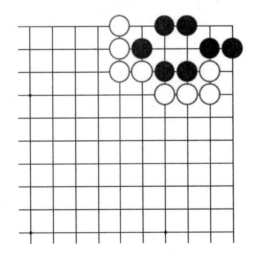

本图黑棋围住的交叉点有缺陷，白棋可以设法破坏黑棋的眼位。

例题图 2-1

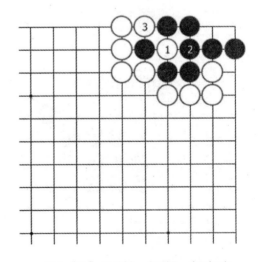

白1"扑"是关键，黑2提，白3打吃，黑棋被杀。

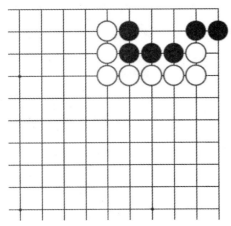

例题图 3

本图的黑棋存在"气紧"的问题，白棋可以设法破眼。

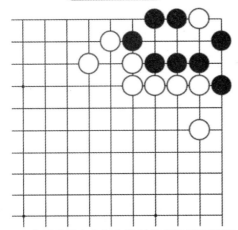

例题图 4

本图看起来白棋在黑棋的空里已无计可施，但白棋仍有办法破坏黑棋的眼位。

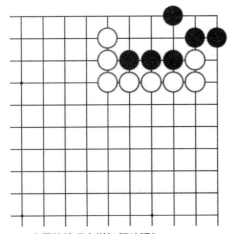

例题图 5

本图的情况白棋如何破眼？

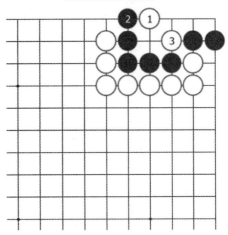

例题图 3-1

白1"点"是好棋，黑2阻渡，白3断，黑棋被杀。

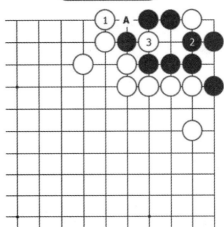

例题图 4-1

白1"立"是沉着冷静的好棋，黑2若做眼，白3扑是关键，黑因无法在A位做眼而被杀。

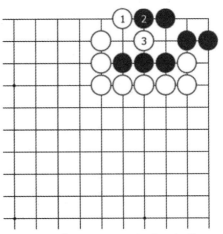

例题图 5-1

白1"尖"是好棋，黑2抵抗，白3挖，黑棋被杀。

例题图 6

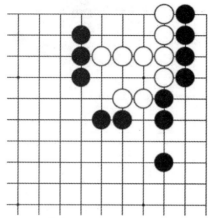

本图白棋上方的眼位虽有缺口，但黑棋仍需要找到合适的破眼方法。

例题图 6-1

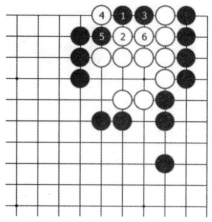

黑1"飞"正确，白2抵抗时，黑3长，以下至白6提子，黑7于黑1位扑，白棋被杀。

例题图 6-2

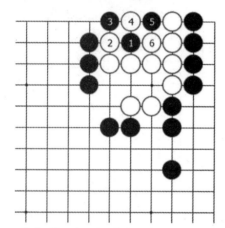

黑若1位，白2冲，以下至白6打吃，黑棋是接不归。

例题图 7

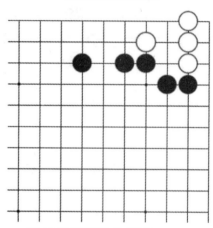

本图的情况黑棋如何破眼?

例题图 7-1

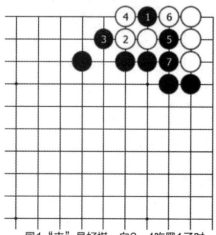

黑1"夹"是好棋，白2、4吃黑1子时，黑5得以破眼，至黑7，白棋被杀。

例题图 7-2

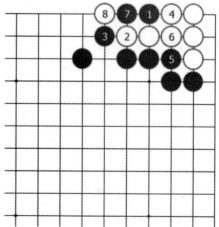

黑3时，白若4位打吃，黑5与白6交换后，黑7长，白8提子，黑9于黑7位扑，白棋仍被杀。

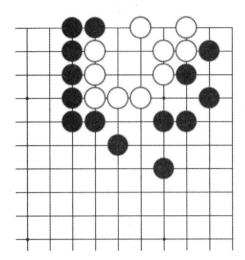

本图的情况黑棋如何破眼？

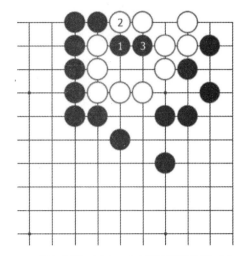

黑1"扳"正确，白2断开黑棋的同时自身也撞气了，黑3打吃，白棋被杀。

小结：不同的局面有不同的破眼方法，应根据具体情况，找到恰当的破眼方法。

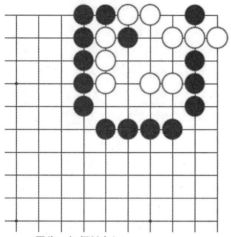

黑先，如何杀白?

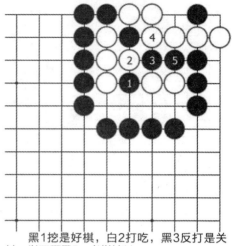

黑1挖是好棋，白2打吃，黑3反打是关键，以下至黑5，白棋被杀。

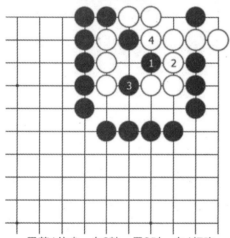

黑若1位尖，白2粘，黑3时，白4打吃，黑棋是接不归。

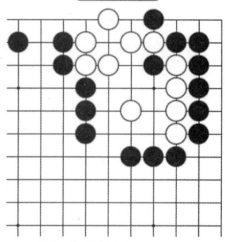

黑先，如何杀白?

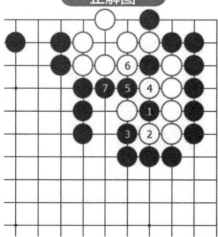

黑1挖是正解，白2打吃，黑3反打是关键，以下至黑7，白棋被杀。

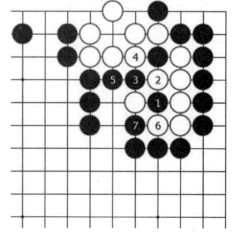

黑1时，白若2位，黑3以下至黑7，白仍不活。

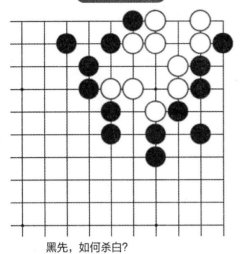

黑先，如何杀白？

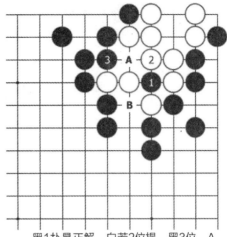

黑1扑是正解，白若2位提，黑3位，A、B两处黑棋必得其一，白棋被杀。

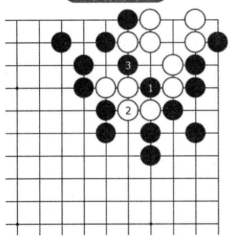

黑1时，白若2位粘，黑3挖，白棋无法做出真眼。

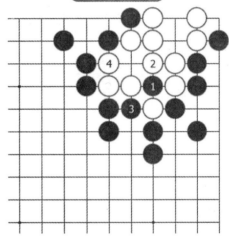

白2提时，黑若3位打吃轻率，白4做眼可形成劫活。

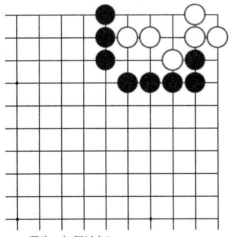

黑先，如何杀白？

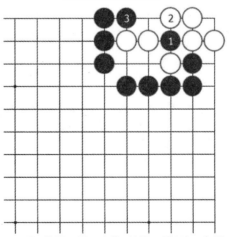

黑1扑是正解，白若2位提，黑3冲，白棋被杀。

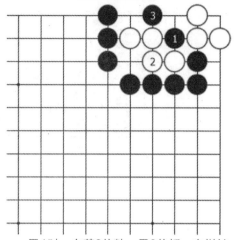

黑1时，白若2位粘，黑3位扳，白棋被杀。

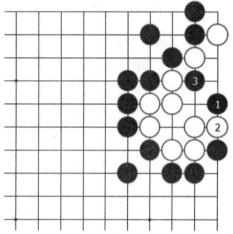

黑1点是正解，白2抵抗，黑3断，白棋被杀。

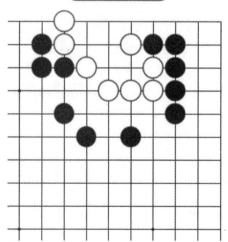

黑先，如何杀白？

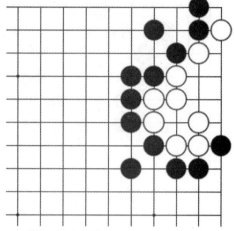

黑先，如何杀白？

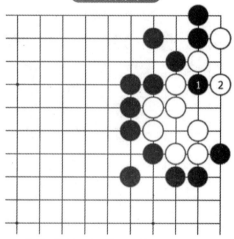

黑若1位断，白2位可成劫。

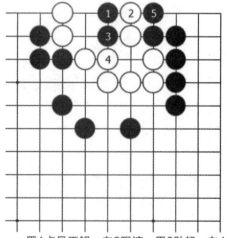

黑1点是正解，白2阻渡，黑3贴起，白4做眼，黑5打吃，白棋被杀。

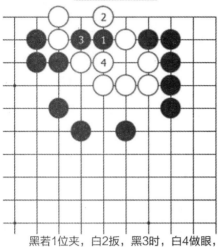

黑若1位夹，白2扳，黑3时，白4做眼，黑棋失败。

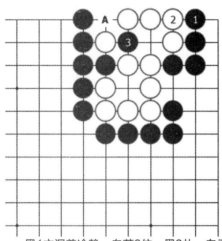

黑1立沉着冷静，白若2位，黑3扑，白无法在A位做眼。

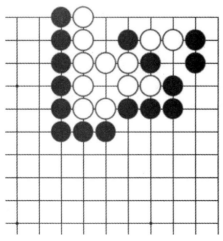

黑先，如何杀白？

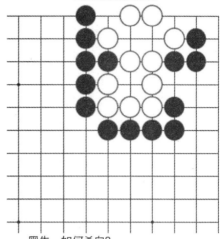

黑先，如何杀白？

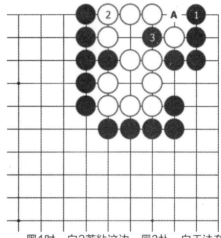

黑1时，白2若粘这边，黑3扑，白无法在A位做眼。

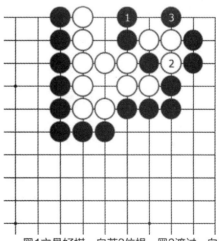

黑1立是好棋，白若2位提，黑3渡过，白棋被杀。

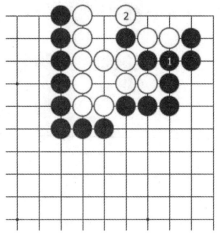

黑若1位连，白2打吃，黑棋失败。

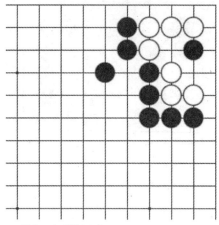

黑先，如何杀白？

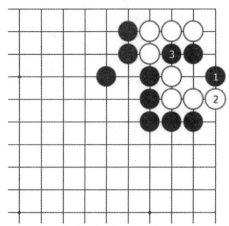

黑1尖是好棋，白若2位阻渡，黑3断，白棋被杀。

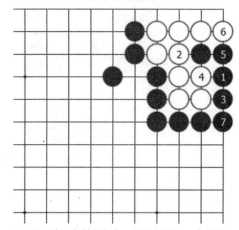

黑1时，白若2位连，黑3渡过后，白棋的眼位不够。

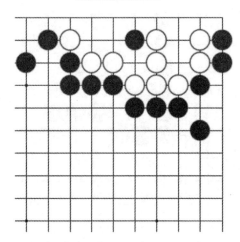

黑先，如何杀白？

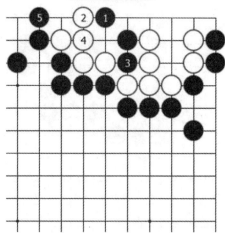

黑1尖是好棋，白2抵抗，黑3断，以下至黑5白棋被杀。

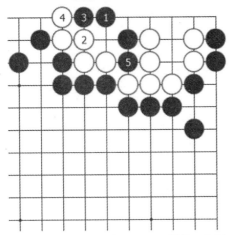

黑1时，白若2位粘，黑3、5进行，白棋
仍然被杀。

正解图

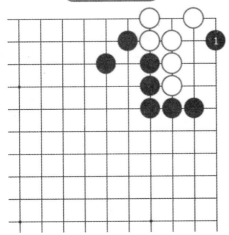

黑1大飞是正解，白棋无法分断黑棋，白
棋被杀。

练习题12

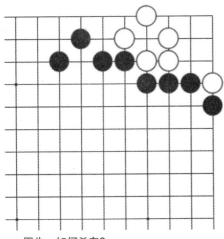

黑先，如何杀白？

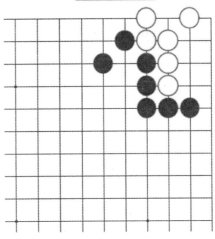

黑先，如何杀白？

失败图

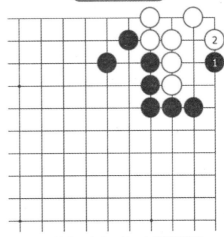

黑1的小飞力度不够，白2可以做活。

正解图

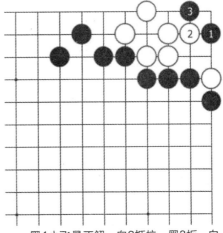

黑1小飞是正解，白2抵抗，黑3扳，白
棋被杀。

失败图

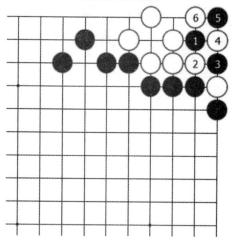

黑若1位，白2以下可成劫，黑棋失败。

正解图

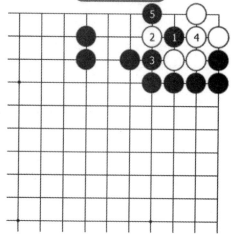

黑1夹是正解，白2抵抗，黑3、5打吃，白棋被杀。

练习题 14

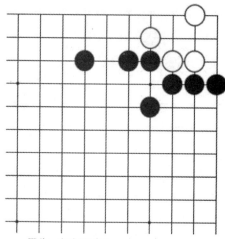

黑先，如何杀白？

练习题 13

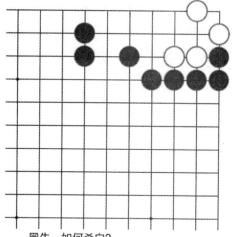

黑先，如何杀白？

失败图

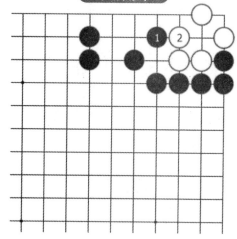

黑若1位尖，白2做眼活棋。

正解图

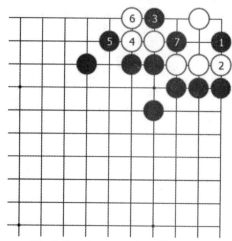

黑1必然，白2应，黑3夹是关键，白若4、6，黑7双打吃，白棋被杀。

变化图

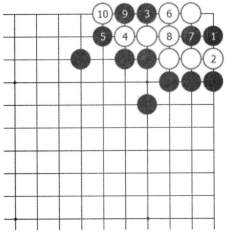

黑5时，白若6位，黑7、9，白10提后，黑11于黑9位扑，白仍然被杀。

正解图

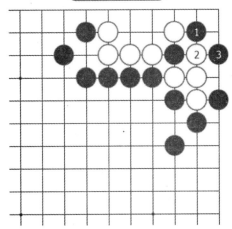

黑1扳是好棋，白2提，黑3可以渡过，白棋被杀。

练习题 16

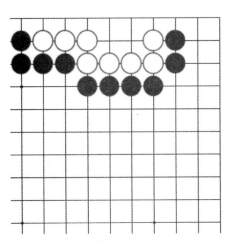

黑先，如何杀白？

练习题 15

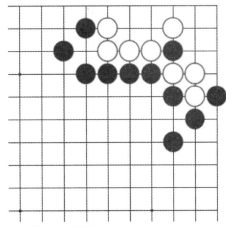

黑先，如何杀白？

失败图

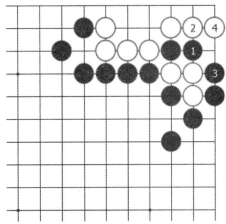

黑若1位打吃，白2打吃，白棋角上眼位丰富，黑棋失败。

正解图

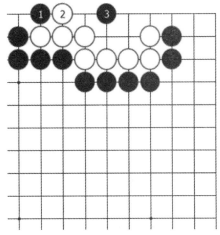

黑1扳缩小白棋的眼位，白2应，黑3点，白棋被杀。

第4节 死活计算

死活常型：盘角曲四

例题图 1

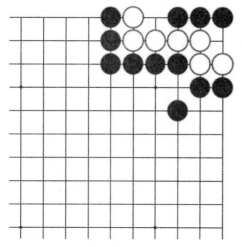

在棋盘角部最边缘处形成的"曲四"，称为"盘角曲四"，本图的棋形貌似双活，实则不然。

例题图 1-1

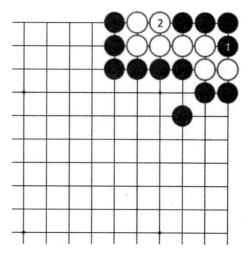

如图，白棋不敢紧气，但黑棋可1位走成"曲四"，白2提子之后。

例题图 1-2

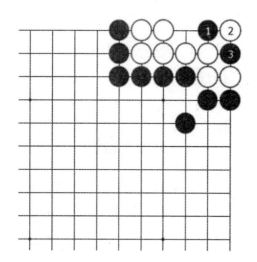

黑1点入，白2扑形成劫，黑3提劫，白棋若无劫材，只有束手就擒。

既然白棋不敢紧气，何时形成打劫就是黑棋的权利，黑棋完全可以等到局终，把劫材补净再行动，到那时白棋再无劫材，只能判为死棋。

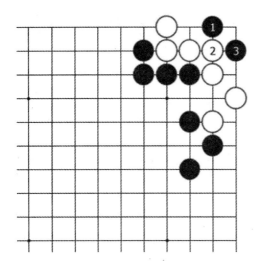

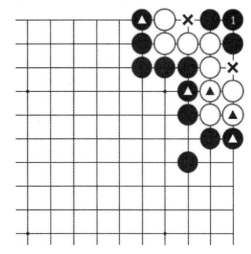

再例，本图黑1点，白2接，黑3扳，已形成"盘角曲四"。

若白方周旋，不肯放弃，假设双方已至终盘，外部△黑棋与▲白棋交换后，黑1接，白棋无法在×位行棋，而黑棋在×位其中一处行棋即形成盘角曲四打劫。

小结：

1. 盘角曲四是暂时双活的现象，最终死活取决于劫材状况。

2. 棋谚有云：盘角曲四，劫尽棋亡。通常棋局收完官子后，盘角曲四因找不到劫材即判为死棋并从棋盘上拿出。

练习题 1

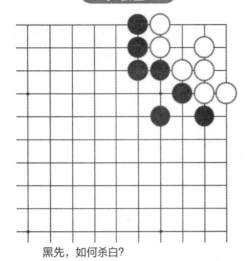

黑先，如何杀白？

失败图

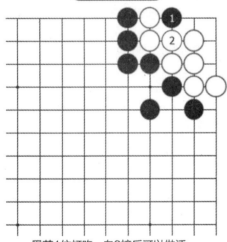

黑若1位打吃，白2接后可以做活。

正解图

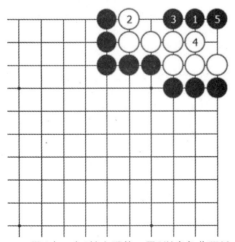

黑1点，白2扩大眼位，黑3以盘角曲四杀白。

正解图

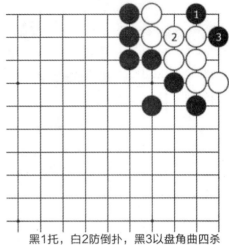

黑1托，白2防倒扑，黑3以盘角曲四杀白。

练习题 2

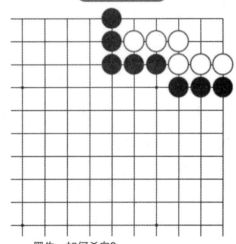

黑先，如何杀白？

失败图

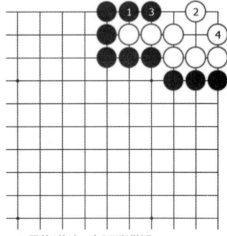

黑若1位冲，白2可以做活。

练习题 3

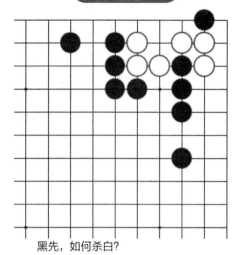

黑先，如何杀白?

正解图

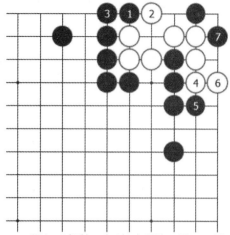

黑1、3扳粘，白4扩大眼位，黑5、7以盘角曲四杀白。

失败图

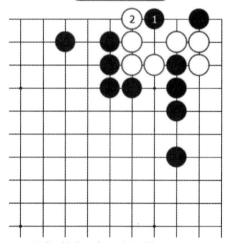

黑若1位点，白2已经活棋。

练习题 4

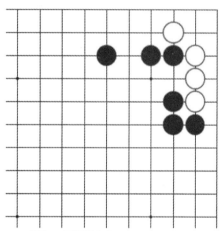

黑先，如何杀白?

正解图

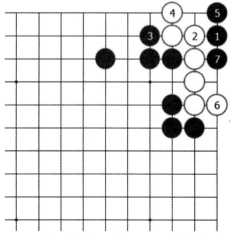

黑1点，白2接，黑3、5、7以盘角曲四杀白。

失败图

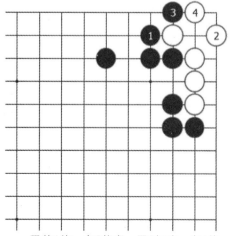

黑若1位，白2位虎，黑3打吃，白4位可以做劫。

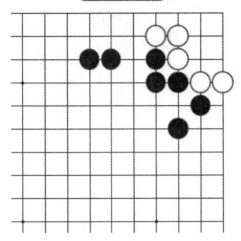

黑先，如何杀白？

变化图

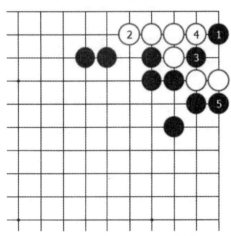

黑1时，白若2位，黑3以下形成倒扑。

正解图

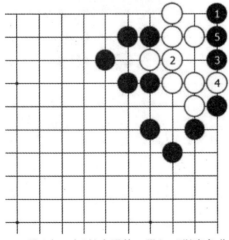

黑1点，白2扩大眼位，黑3、5以盘角曲四杀白。

正解图

黑1点，白2虎，黑3里应外合，白4防倒扑，黑5、7以盘角曲四杀白。

练习题 6

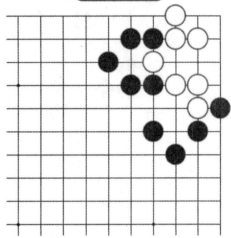

黑先，如何杀白？

失败图

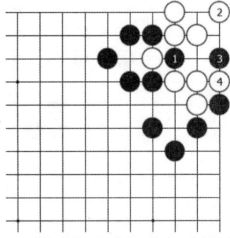

黑若1位扑，白2做眼，黑3点，白4后黑棋是接不归。

死活常型：角上板六

例题图 1

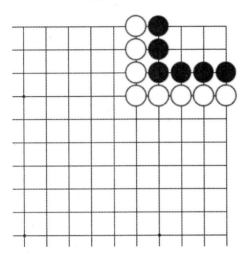

被包围的一块棋，其眼位为板条形状的六个交叉点，称为"板六"。

如图，被包围的黑棋眼位形状即"板六"，在角上也称为角部板六。本图黑棋被围得水泄不通，此时如果白棋先下，黑棋就麻烦了。

例题图 1-1

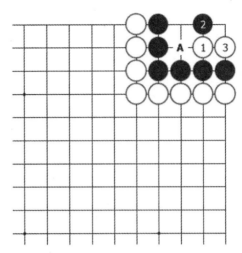

如图，白1是要点，黑2位抵抗，白3后，黑棋因为气紧而无法在A位做眼，黑棋被杀。

例题图 2

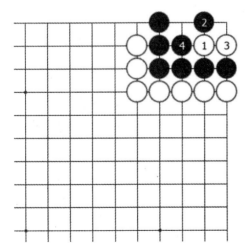

本图黑棋有一口外气，白若仍走1位，黑2、白3时，黑4位可以做眼，这就是有无外气的区别。

例题图 2-1

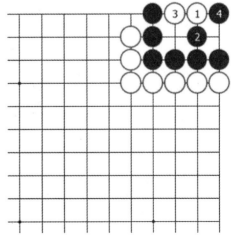

当角上"板六"有一口外气时，白1点在这里是要点，黑2是最强应对，白3长，黑4做劫。

例题图 3

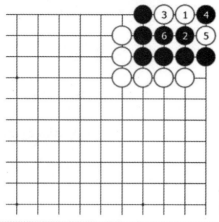

当角上"板六"有两口外气时，白1位点也无效，黑2以下至黑4扑，白5提时，黑6使白棋形成"胀牯牛"，黑棋已活。

小结：外气多少是判断角部"板六"死活的关键。

练习题 1

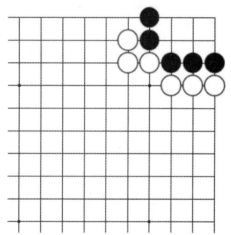

白先，如何杀黑？

正解图

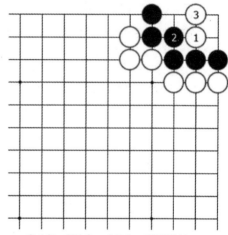

白1点，黑2应，白3立，黑棋被杀。

失败图

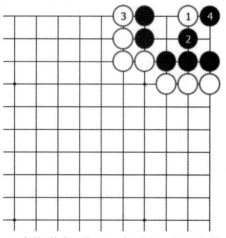

白若1位点，黑2顶，白3紧气，黑4可以做劫。

练习题 2

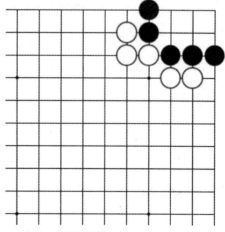

白先，如何杀黑？

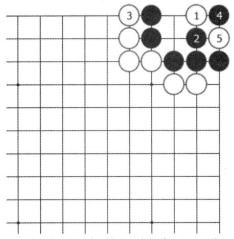

白1点，黑2应，白3里应外合，黑4只有以劫相抗。

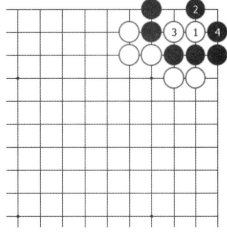

白若1位，黑2夹可以做活。

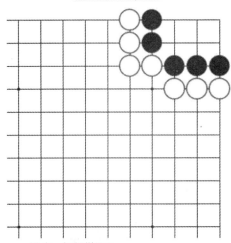

黑先，如何做活？

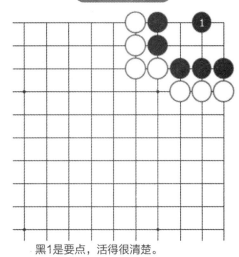

黑1是要点，活得很清楚。

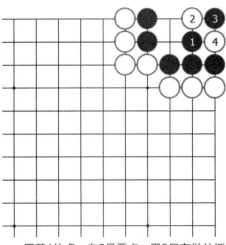

黑若1位虎，白2是要点，黑3只有做劫抵抗了。

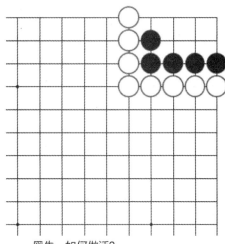

黑先，如何做活？

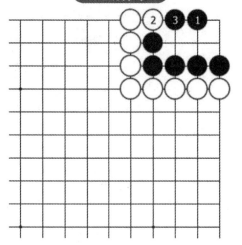

黑1是要点，白2冲，黑3后是曲四活型。

练习题 5

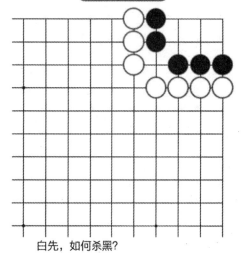

白先，如何杀黑？

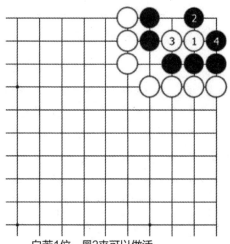

白若1位，黑2夹可以做活。

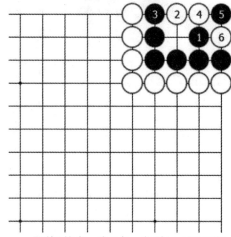

黑若1位虎，白2点、白4长，黑5只有做劫抵抗了。

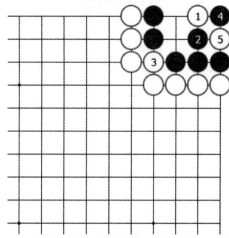

白1是要点，黑2应，白3里应外合，黑4只有做劫抵抗。

练习题 6

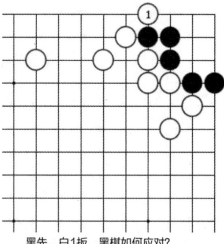

黑先，白1扳，黑棋如何应对？

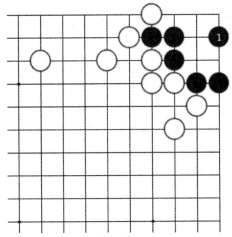

黑1是要点，活得很清楚。

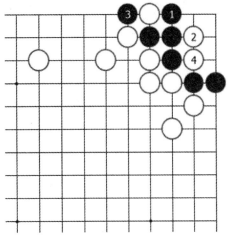

黑若1位挡，白2点，黑3提，白4断，黑棋被杀。

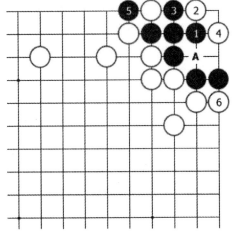

黑若1位虎，白2托，黑3断，白4可以做劫，黑5提，白6瞄着A位倒扑。

死活常型：勾型

例题图 1

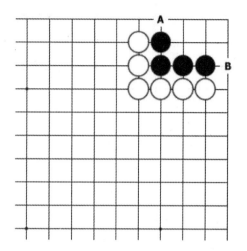

本图黑棋形似"√"，所以有人把它称为"勾型"。

如图，黑棋眼位空间不大，在A、B两处加上棋子才是"板六"，所以黑棋已经不是活形了。

例题图 1-1

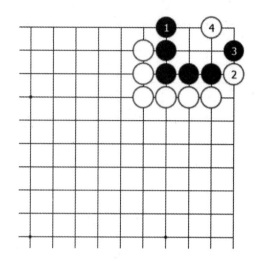

如图，黑若1位立，白2扳，黑3形成"刀五"，白4点，黑棋不活。其中黑1若走白2位，白棋在黑1位扳，大同小异。

例题图 1-2

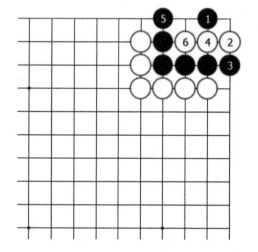

黑若1位跳，白2点，以下至白6，黑棋不活。

例题图 2

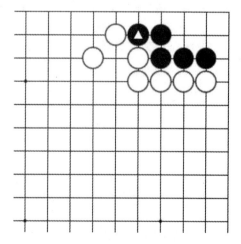

本图黑棋在"勾型"基础上增加了△黑子，黑棋先下可以做活。

例题图 2-1

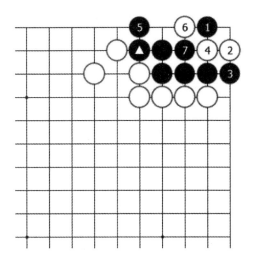

　　△黑子扩大了生存空间，就有了活棋的方法，以黑1为例，白2点，黑3以下至黑7做活。

例题图 2-2

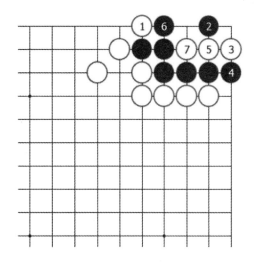

　　如果白棋先下，杀棋方法有多种，以白1扳为例，黑2如果跳，白3点，以下至白7，黑棋被杀。

例题图 2-3

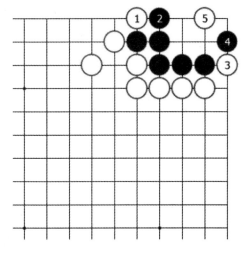

　　白1时，黑若2位挡，白3再扳黑成"刀五"死棋。

例题图 3

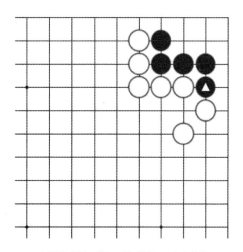

　　本图黑棋在"勾型"的另一方向增加了△黑子，黑棋先下仍然可以做活。

例题图 3-1

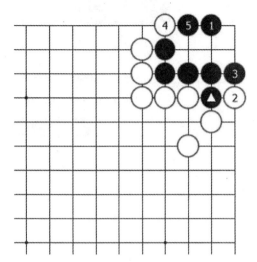

　　△ 黑子扩大了生存空间，做活方法有多种，以黑1为例，白若2、4缩小眼位，黑3、5做活。

例题图 3-2

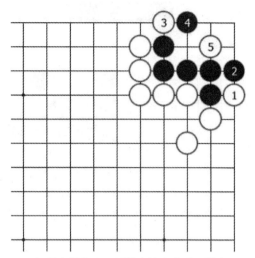

　　如果白棋先下，杀棋方法有多种，以白1扳为例，黑2如果挡，白3再扳，黑4形成"刀五"，白5点，黑棋被杀。

例题图 3-3

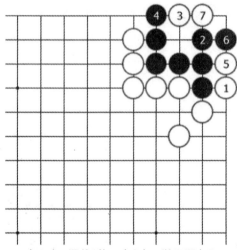

　　白1时，黑若2位，白3点，以下至白7，黑棋被杀。

例题图 4

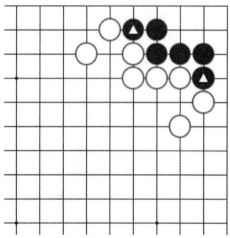

　　本图黑棋在"勾型"基础上增加了两处△黑子，故称为"勾型两面曲"，白先下黑也是活棋。

例题图 4-1

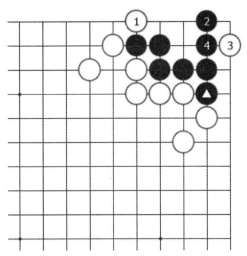

白若1位扳，黑2跳，白3点，黑4接，△黑子发挥了作用。

例题图 4-2

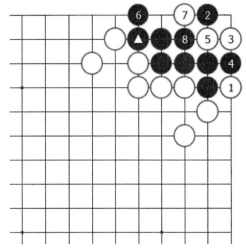

白1若在这边扳，黑棋做活方法有多种，以黑2跳为例，白3点，以下至黑8，△黑子发挥了作用。

例题图 4-3

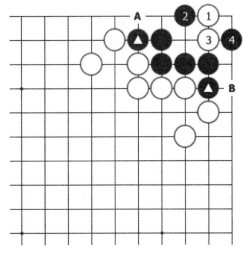

白1如果点，黑2尖，白3长，黑4扳，黑棋A、B两点必得其一，两处△黑子都发挥了作用。

例题图 4-4

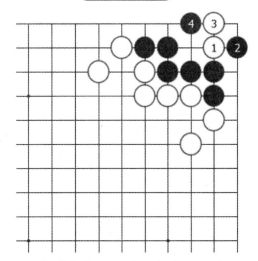

白1若点这里，黑2扳，白3长，黑4尖还原上图。

小结：

1. 通常，单纯的勾型不是活棋。

2. 有一面曲（也称拐）的勾型要先走才能活，是"后手活"。

3. 有两面曲（两处拐）的勾型是"先手活"。

练习题 1

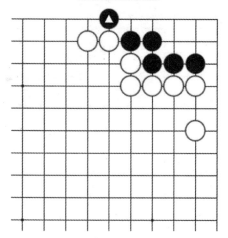

白先，一线增加了△黑子，如何杀黑？

正解图

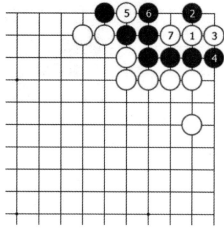

白1是可以净杀黑棋的要点，黑2抵抗，白3立，以下至白7，黑棋被杀。

失败图

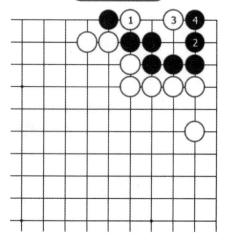

白若1位扑，黑2虎，白3点，黑4时，白棋是接不归。

练习题 2

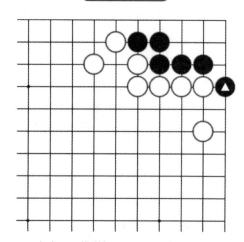

白先，一线增加了△黑子，如何杀黑？

正解图 1

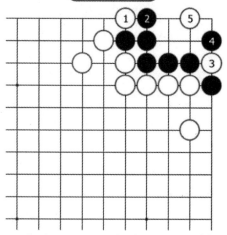

白1扳，黑2应，白3扑，黑4形成"刀五"而被杀。

正解图 2

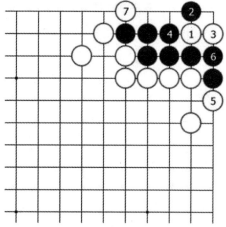

白也可1位点，黑2抵抗，白3以下至白7，黑棋被杀。

练习题 3

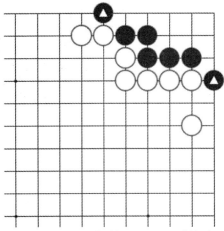

白先，一线两处增加△黑子，黑棋很有弹性，如何杀黑？

失败图

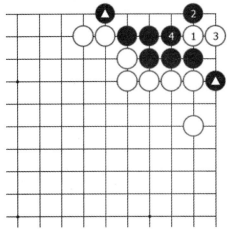

黑2时，白若3位想净杀黑棋，黑4后，两边的△黑子都发挥了作用，黑棋是净活。

正解图 1

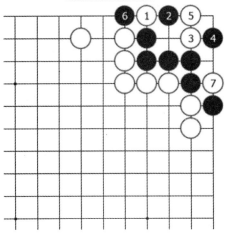

白1扳，黑2应，白3点，以下至白7，黑棋被杀。

正解图

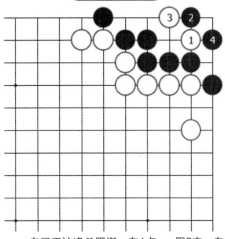

白已无法净杀黑棋，白1点，黑2夹，白3、黑4成劫。

练习题 4

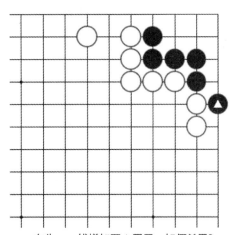

白先，一线增加了△黑子，如何杀黑？

正解图 2

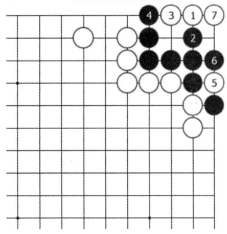

白也可1位点，黑2抵抗，白3以下至白7，黑棋被杀。

练习题 5

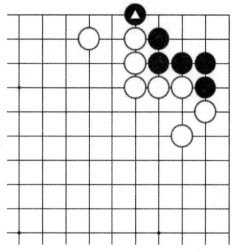

白先，一线增加了△黑子，如何杀黑?

正解图

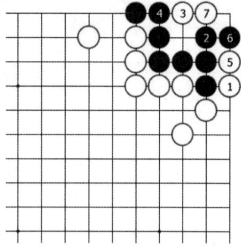

白1扳，黑2抵抗，白3以下至白7，黑棋被杀。

失败图

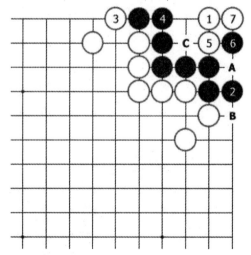

白若1位点，黑2扩大眼位，白3是不易被发现的好棋，至白7成劫。此劫有些特殊，白A位提劫，若劫胜，在黑6位粘是双活。白若不粘劫，而继续在B位、C位紧气花费手数又太多，故白棋一般会选择暂时脱先。

白棋无法马上劫杀黑棋，黑棋也没必要立刻在C位打吃开劫，因此形成一个双方都暂时不管的劫，称为"万年劫"。

练习题 6

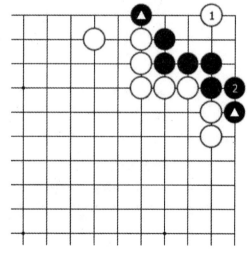

白先，一线两处增加△黑子，黑棋很有弹性，白1是要点，黑2扩大眼位，如何杀黑?

正解图

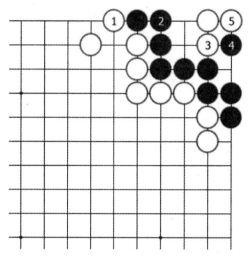

白1是不易被发现的好棋，黑2应，白3顶，黑4扳，白5形成"万年劫"。

参考图

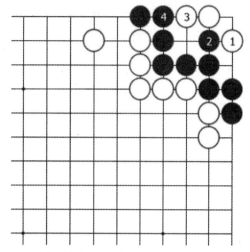

白若1位尖，黑2挤，白3长，黑4，形成双活。

练习题 7

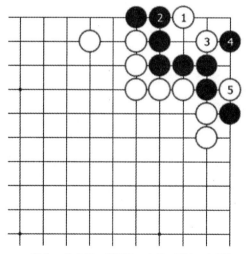

白先，白1点，黑2接，白3、黑4，白5扑后，黑如何做活?

正解图

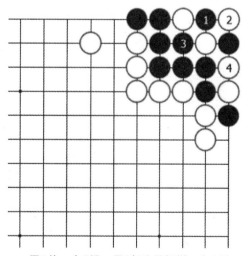

黑1扑，白2提，黑3打吃是好棋，白4只有提。

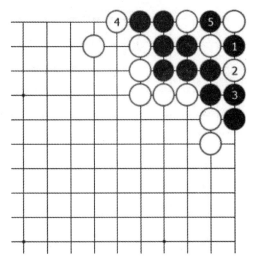

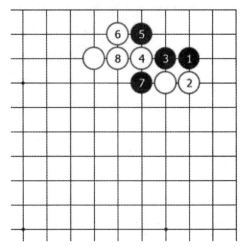

黑1位提，白2回提，黑3打吃，白4紧气，黑5提劫，白6若寻劫材后提劫，黑棋还可在1位提，如此成循环劫，黑棋还是活棋。

黑先，如图进行至白8，角部黑棋如何做活？

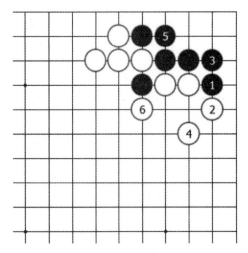

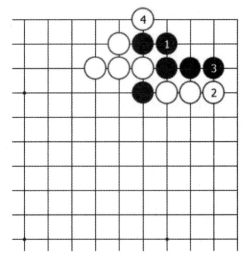

黑1、3扩大眼位，白4补断，黑5形成"勾型两面曲"的活型。

黑若1位接，白2立，黑3形成"勾型单面曲"，白4扳，黑棋被杀。

死活常型：小猪嘴

例题图 1

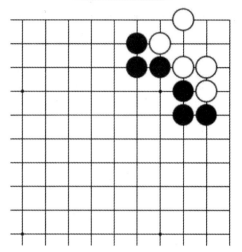

本图白棋的棋形和猪嘴有几分相似，称为"小猪嘴"。

如图，黑棋先下，哪里是要点呢？

例题图 1-1

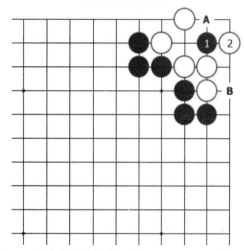

黑1很想点在这里，但白2后，A、B两点白棋必得其一，白棋已活，由此可见白2的位置是要点。

例题图 1-2

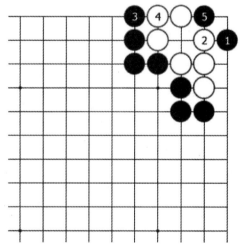

敌之要点即我之要点，通过上一个图，换位思考，可以得知黑1位是要点，白2做眼，黑3从外部着手，与黑1里应外合，白4做眼，黑5位扑成劫。

例题图 1-3

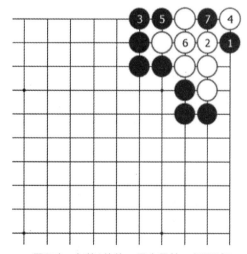

黑3时，白若4位扑，虽也是劫，但黑5打吃，白6接，黑7提，是黑棋先提劫。

小结：
1. 换位思考，是找到点杀"小猪嘴"的重要思路。
2. "小猪嘴"被点入是打劫，要注意区分先手劫和后手劫。

练习题 1

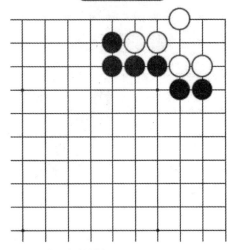

黑先，如何杀白?

正解图

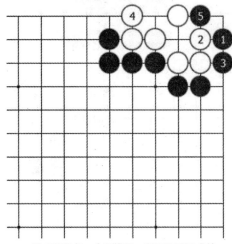

黑1是要点，白2做眼，以下至黑5成劫。

变化图

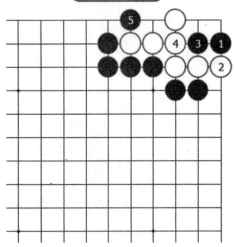

黑1时，白若2位立，黑3长，白棋被杀。

失败图

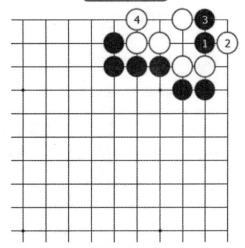

黑若1位点，白2扳，黑3长，白4做活。

练习题 2

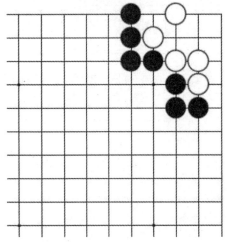

白先，如何做活?

正解图

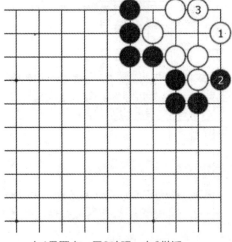

白1是要点，黑2破眼，白3做活。

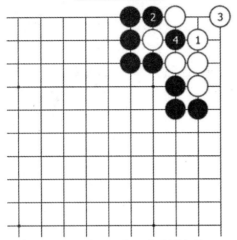

白若1位，黑2打吃，白3只好以劫相抗。

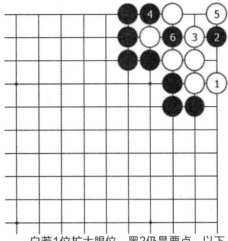

白若1位扩大眼位，黑2仍是要点，以下成劫。

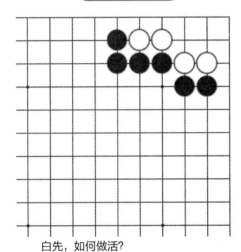

白先，如何做活?

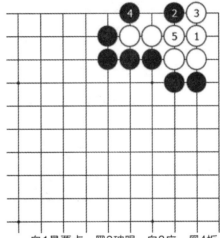

白1是要点，黑2破眼，白3应，黑4扳，白5做活。

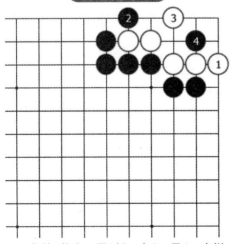

白若1位立，黑2扳，白3、黑4，白棋被杀。

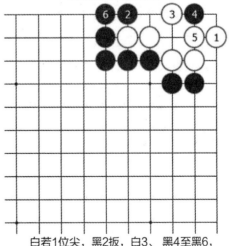

白若1位尖，黑2扳，白3、黑4至黑6，白棋被杀。

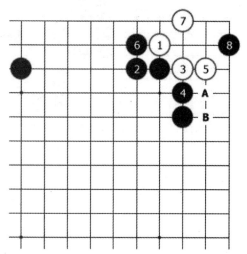

如图进行至白7，没有白A与黑B的交换，白棋已是活型，黑8仍然点了进来，白棋如何做活？

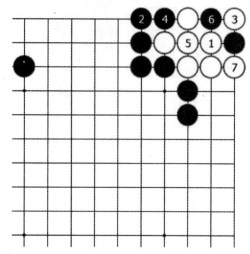

白1做眼，黑2立，白3扑，以下至白7，白棋已活。

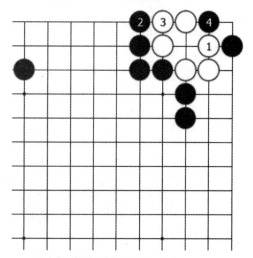

黑2时，白若3位做眼，黑4成劫。

死活常型：大猪嘴

例题图 1

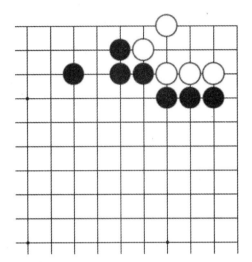

本图白棋的棋形和猪嘴有几分相似，称为"大猪嘴"。如图，白棋空间不小，第一次遇到此型计算清楚并不容易，下面以分解图的方式逐步讲解大猪嘴的结构特点和杀棋方法。

例题图 2

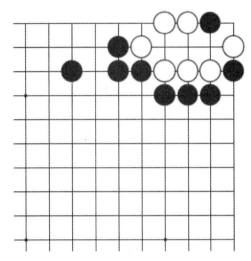

黑先，如何杀白？

例题图 2-1

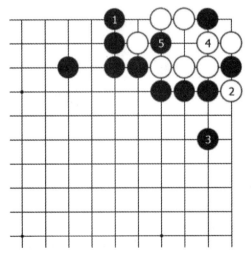

黑1立是不易被发现的好棋，白2提子与做眼无关，黑3应，白4做眼，黑5扑是与黑1连贯的思路，白棋被杀。

例题图 2-2

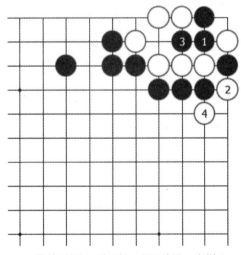

黑若1位断，白2提，黑3破眼，白棋4位扳出。

例题图 3

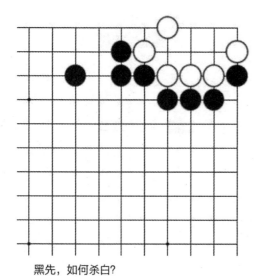

黑先，如何杀白?

例题图 3-1

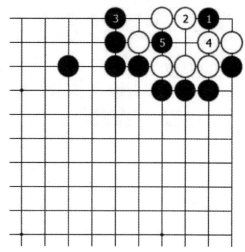

黑1二·一路是要点，白2抵抗，黑3立是与黑1连贯的思路，白4做眼，黑5位扑，白棋被杀。

例题图 3-2

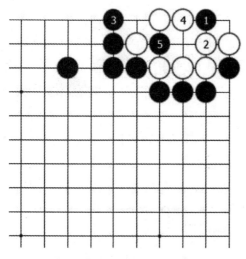

黑1时，白若2位，黑3立，与前图大同小异。

例题图 3-3

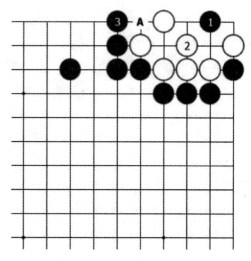

黑1时，白若2位，黑仍3位立，白无法在A位做眼。

例题图 4

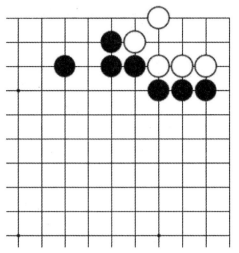

黑先，如何杀白？

例题图 4-1

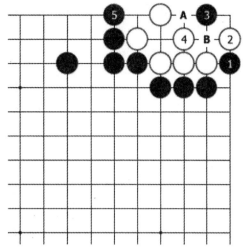

黑1扳，缩小眼位，白2应， 黑3点，白棋走4位或A、B其中任意一点，黑棋都在5位立，白棋被杀。

例题图 4-2

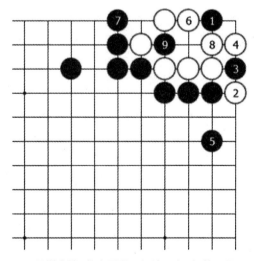

黑棋直接1位点是另一解法，白2抵抗，黑3扑，还原正解1图，白棋被杀。但黑1先在3位扳的解法更简明。

例题图 4-3

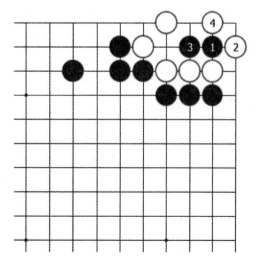

黑若1位夹，白2扳，黑3长，白4做活。

例题图 4-4

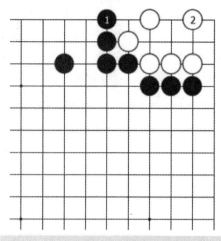

黑若1位立，白2二·一路是做活要点。

小结：解"大猪嘴"死活的三个要素：缩小眼位的扳；二·一路的要点；里应外合的立。

练习题 1

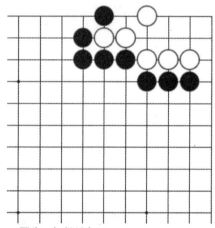

黑先，如何杀白？

正解图 1

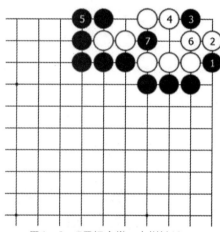

黑1、3、5是组合拳，白棋被杀。

正解图 2

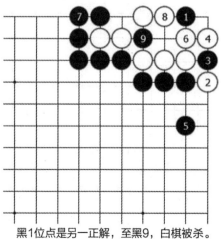

黑1位点是另一正解，至黑9，白棋被杀。

失败图

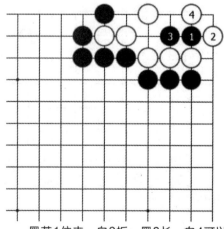

黑若1位夹，白2扳，黑3长，白4可以做活。

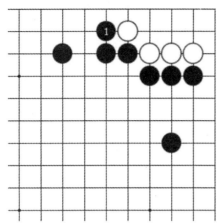

白先，黑1拐，白棋如何应对?

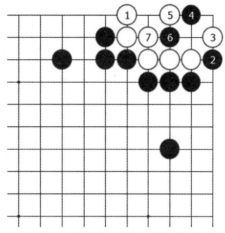

白1立，黑若2、4位，白5碰，黑6打吃，白7做劫。

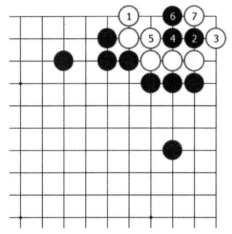

白1时，黑2夹，以下至白7成劫。

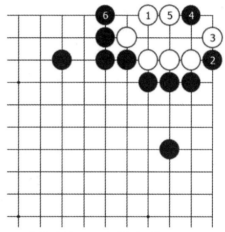

白若1位虎，形成"大猪嘴"，以下至黑6，白棋被杀。

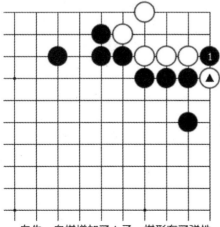

白先，白棋增加了▲子，棋形有了弹性，黑1扑，白棋如何做活?

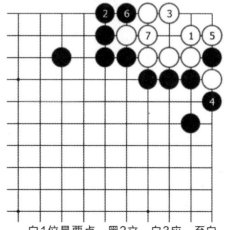

白1位是要点，黑2立，白3应，至白7，白棋是三目活棋。

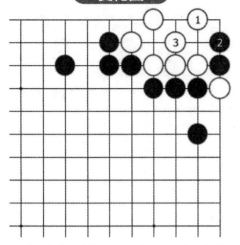

白1位跳虽也能活，黑2长，白3应，白棋是两目活棋。

练习题 4

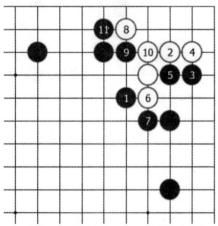

白先，如图进行至黑11，白棋如何做活？

变化图

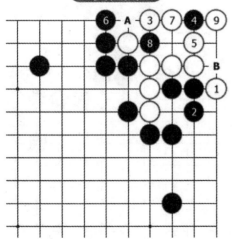

白3时，黑若4位点，白5顶，以下至白9视A、B见合。

失败图

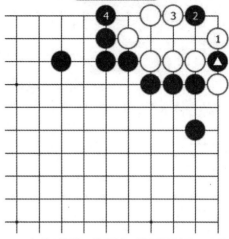

白若1位提，等于被△黑子扳到了，至黑4还原"大猪嘴"。

正解图

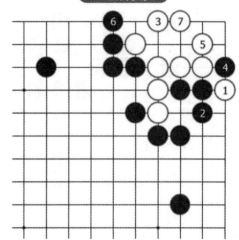

白1扳，黑2应，白3虎，黑4扑，以下至白7做活。

失败图

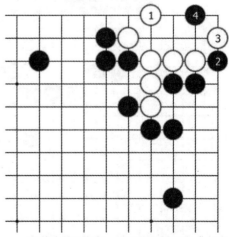

白若直接1位虎，被黑2扳到形成"大猪嘴"而被杀。

死活问题的思考方法

例题图 1

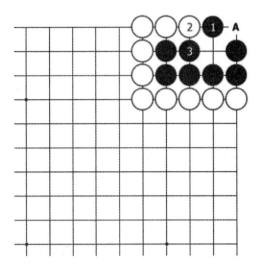

通常，一块棋的做活思路有扩大眼位或占据内部要点。如图，黑1占据要点，确保A位一眼，白2时，黑3简明做活了。

例题图 2

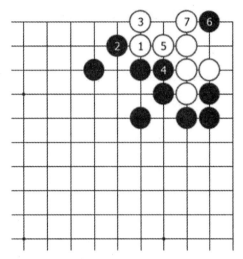

本图的情况白棋要做活，就需要白1、3扩大眼位，以后黑若6位点，白7才有做活的余地。

例题图 3

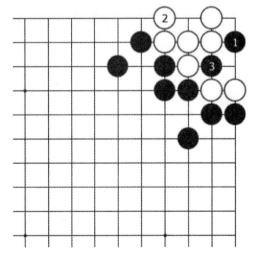

通常，一块棋的杀棋思路有缩小眼位或占领内部要害。如图，黑1占领白棋的内部要害，把白2和黑3视为必得其一，白棋被杀。

例题图 4

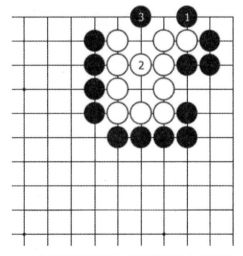

本图黑棋要杀棋，就需要缩小白棋的眼位，黑1扳是缩小眼位的常法，白棋的眼位已经不够了。

例题图 5

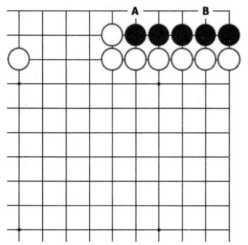

当一块棋的死活有多种方式选择时，就需要从中筛选出最优的来进行，同时结合局面的判断来运用。如图，黑棋有A、B两种做活方法，但效果大有不同。

例题图 5-1

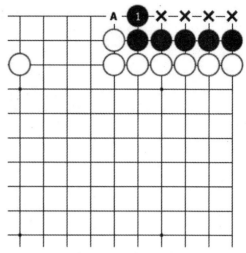

黑1立扩大眼位是适合当前局面的做活方法，将来A位冲对官子的影响很大，且角部围了4目棋。

例题图 5-2

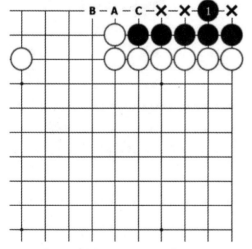

黑若1位做活，将来黑走A位时，白B位挡住，黑要在C位粘，并且黑棋角部只围了3目。

例题图 6

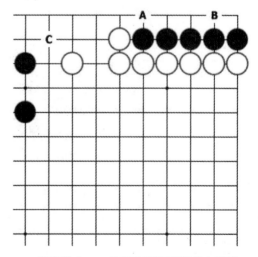

在实战中，一块棋的死活需要多方面思考。如图，白棋有A、B两种杀棋方法，若考虑到C位的官子问题，就需要斟酌了。

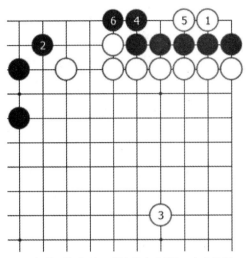

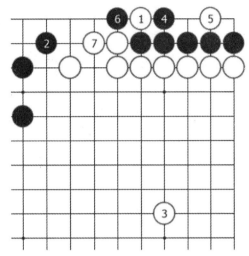

白若1位点杀，黑2位有利用，白3若脱先，黑4要做活，白5若破眼，黑6可取得联络。

白1扳缩小眼位，即使黑走2位，白3也可以脱先，黑若4位，以下进行至白7，黑棋依旧无法活棋。

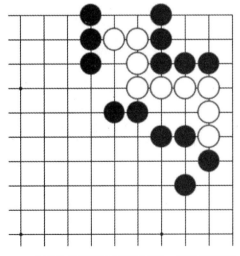

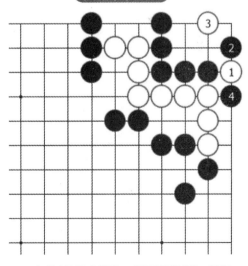

本图的白棋要杀角部的黑棋，因为白棋自身也没有眼，所以不仅要破坏黑棋的眼位，还要考虑到气的问题。

白若1位缩小眼位，以下至黑4时，黑棋形成刀五的形状，气特别长，白棋反倒被杀。

例题图 7-2

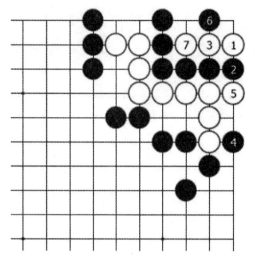

例题图 7-3

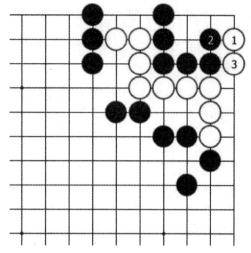

白1位点是好棋，黑若2位断，白3以下至白7，黑棋与白棋对杀的气明显不够。

白1时，黑若2位，白3联络，黑棋的气明显少于白棋。

小结：
1. 通常活棋思路是扩大眼位和占领要害，杀棋思路是缩小眼位和占领要害。
2. 当一块棋的死活有多种选择时，应从多个方面进行思考，找到符合当前局面的高效率方法。

练习题 1

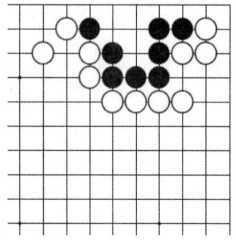

正解图

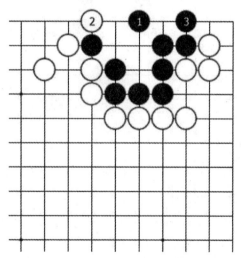

黑先，如何做活？

黑1是要点，白2打吃时，黑3做活。

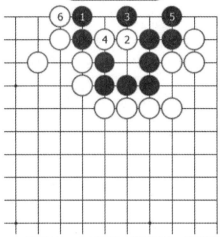

黑若1位，白2破眼，黑3抵抗，以下至白6，黑棋被杀。

正解图

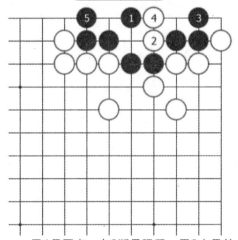

黑1是要点，白2断是强手，黑3立是关键，至黑5做活。

练习题3

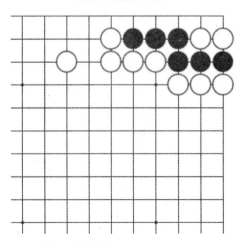

黑先，如何做活?

练习题2

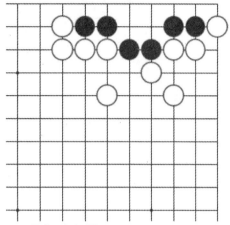

黑先，如何做活?

失败图

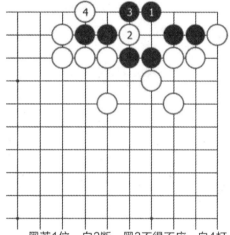

黑若1位，白2断，黑3不得不应，白4打吃，黑棋被杀。

正解图

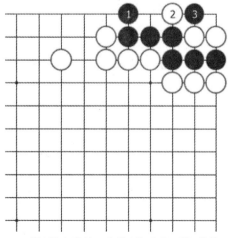

黑1扩大眼位，白若2位破眼，黑3位扑做活。

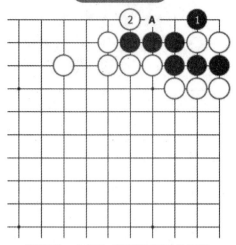

黑若1位，白2扳，黑棋无法在A位做眼。

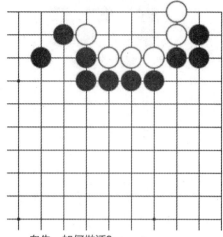

白先，如何做活?

正解图

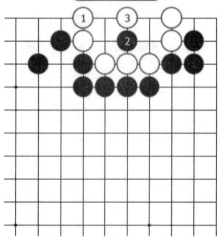

白1扩大眼位，黑若2位，白3位做活。黑2若走3位，白2位。

变化图

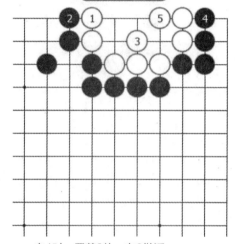

白1时，黑若2位，白3做活。

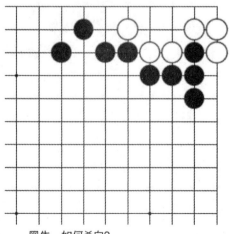

黑先，如何杀白?

正解图

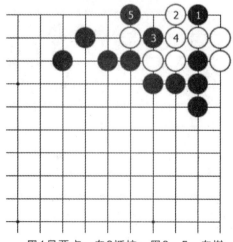

黑1是要点，白2抵抗，黑3、5，白棋被杀。

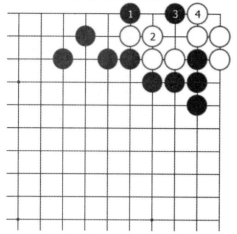

黑若1位，白2冷静，黑3时，白4做眼活棋。

正解图

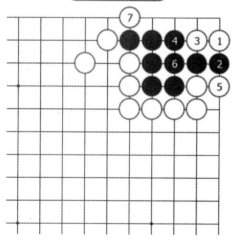

白1是要点，黑2阻渡，白3贴，以下至白7，黑棋被杀。

练习题 7

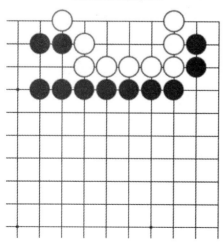

黑先，如何杀白?

练习题 6

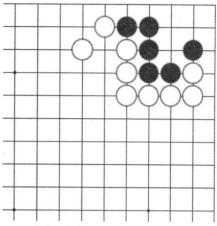

白先，如何杀黑?

失败图

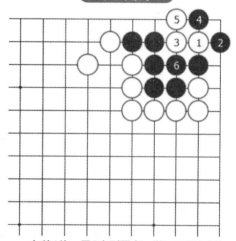

白若1位，黑2走到要点，以下至黑6成劫。

正解图

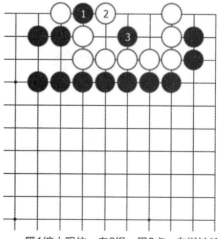

黑1缩小眼位，白2提，黑3点，白棋被杀。

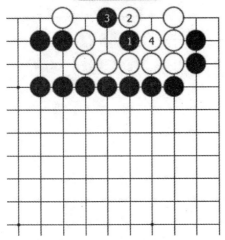

黑若1位，白2以下成劫。

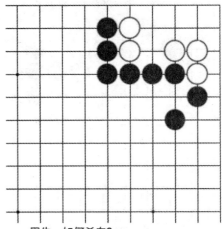

黑先，如何杀白？

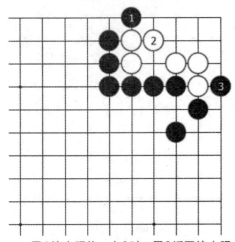

黑1缩小眼位，白2时，黑3扳再缩小眼位，白棋被杀。

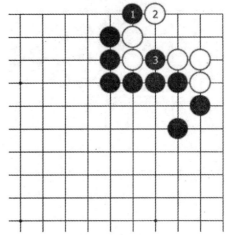

黑1时，白若2位，黑3冲，白棋被杀。

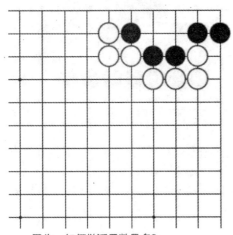

黑先，如何做活目数最多？

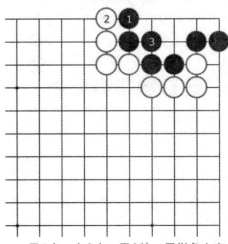

黑1立，白2应，黑3粘，黑棋角上有5目。

失败图

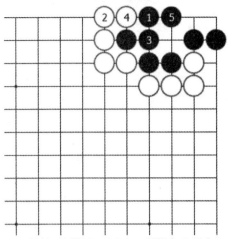

黑若1位做活，白2立，黑棋角上只有3
目。

练习题 10

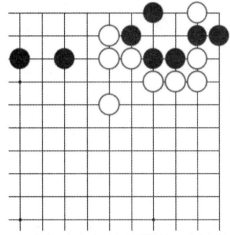

白先，如何在杀角部黑棋的同时减少其
外部的利用？

正解图

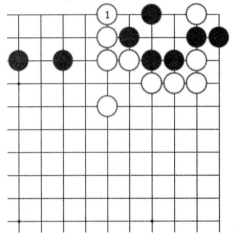

白1立，吃住角上黑棋的同时减少外部的
利用。

失败图

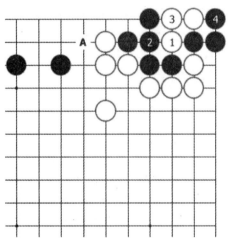

白若1以下进行，将来黑棋在A位一带有
利用（白5=白3）。

第三章 对杀常识

第1节 双方无眼的对杀

例题图1

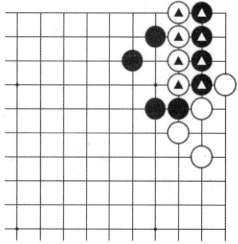

双方棋子相互切断并包围，且自身都不能做活的情况，称为"对杀"。

如图，△黑棋与▲白棋相互切断包围，都无法做活和出逃，需通过紧对方的气解决问题。目前△黑棋与▲白棋各有三口气，是气数相同的对杀。

例题图1-1

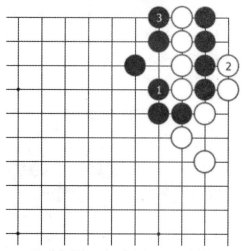

黑1先行紧气，白2也紧气，黑比白快了一步，至黑3是黑棋胜利。

例题图1-2

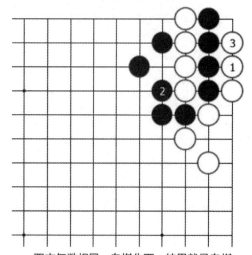

双方气数相同，白棋先下，结果就是白棋胜利。

例题图2

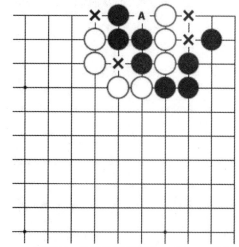

对杀时，先紧外气是常识。如图，×位是黑白双方的外气，A位是黑白双方共同的气，称为"公气"。

例题图 2-1

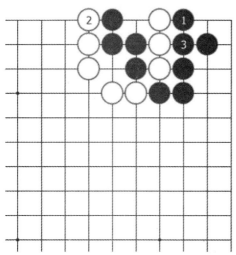

黑1紧白棋的外气，白2紧气，黑3紧气，对杀黑胜。

例题图 2-2

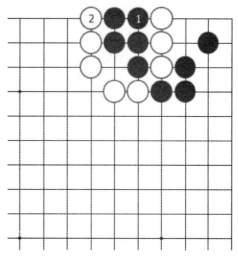

如果黑1先紧公气，紧对方气的同时自身也撞了气，白2，黑棋被杀。

例题图 2-3

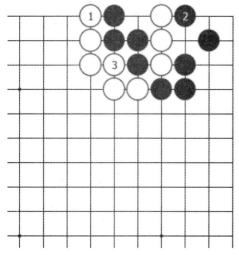

白棋先下也是同样，应先紧外气，白1，黑2，白3，对杀白胜。

例题图 2-4

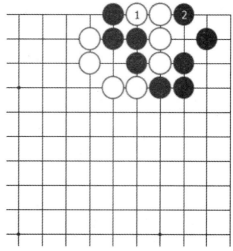

白1若先紧公气，自身也撞气，黑2位，白棋被杀。

例题图 3

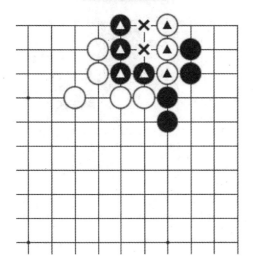

通常，对杀时，公气出现两口以上，就可能形成双活。

如图，△黑棋与▲白棋有×位两口公气。

例题图 3-1

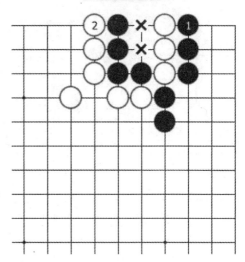

黑棋先下，黑1紧外气，白2紧气。以后黑棋若下×位其中一个，白棋可在另一个×位提取黑棋，白棋也是同样。双方皆不能行棋，形成双活。

小结：
1. 对杀时，双方气数相同，先下手为强。
2. 对杀时，先紧外气是常识。
3. 通常剩余两口以上公气时，可能形成双活。

练习题 1

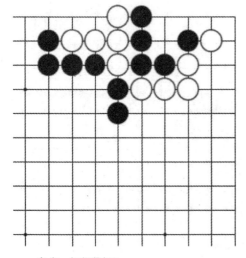

白先，如何紧气?

正解图

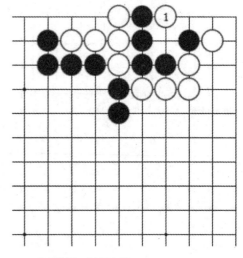

白1紧气，对杀白胜。

失败图

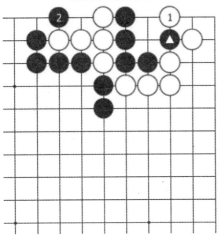

△黑子与白棋对杀没有直接关系，白若1位打吃△黑棋，黑2紧气，对杀，黑胜。

正解图

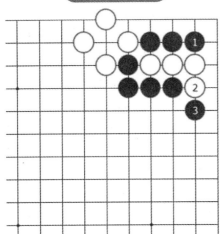

黑1紧气，同时自身长气，白2抵抗，黑3，对杀，黑胜。

练习题 3

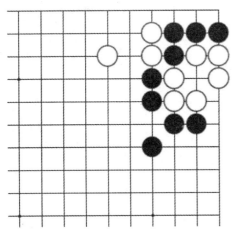

黑先，如何紧气？

练习题 2

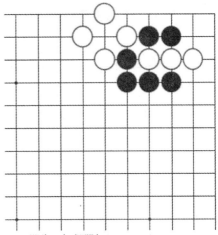

黑先，如何紧气？

失败图

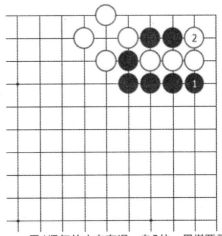

黑1紧气的方向有误，白2位，黑棋两子气少，黑棋被杀。

正解图

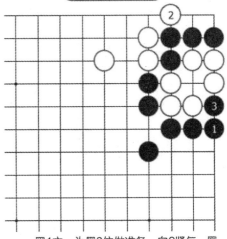

黑1立，为黑3位做准备，白2紧气，黑3，对杀，黑胜。

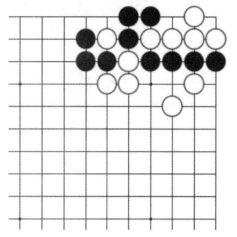

黑先，如何紧气?

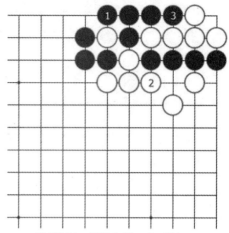

黑1提子，以退为进，白2紧气，黑3紧气，对杀，黑胜。

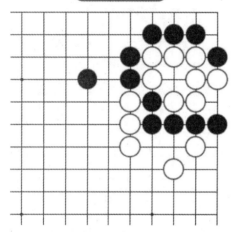

黑先，如何紧气?

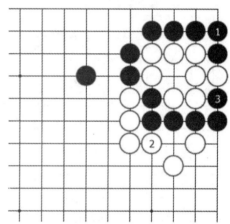

黑1连接减少白棋的外气，白2紧气，黑3最后紧公气，对杀，黑胜。

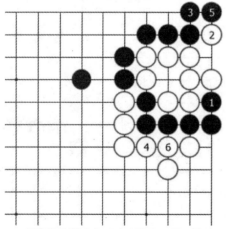

黑1若先紧公气，白2提子，黑3慢了一步，以下至白6，黑棋被杀。

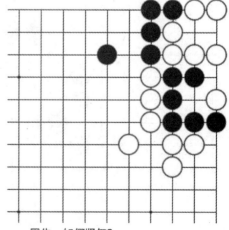

黑先，如何紧气?

126

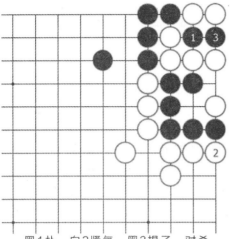

黑1扑，白2紧气，黑3提子，对杀，黑胜。

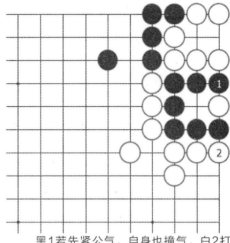

黑1若先紧公气，自身也撞气，白2打吃，黑棋被杀。

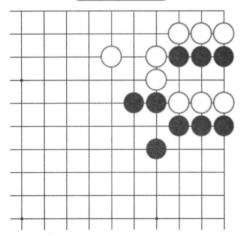

黑先，如何形成双活？

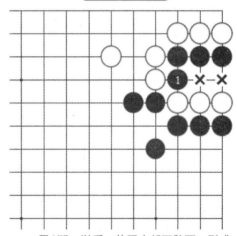

黑1断，以后×位双方都不敢下，形成双活。

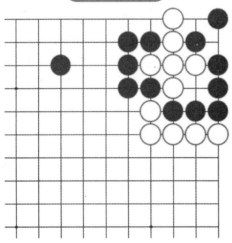

黑先，如何形成双活？

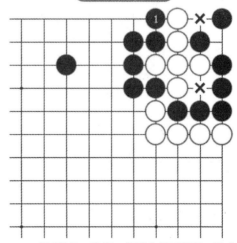

黑1紧气，以后×位双方都不敢下，形成双活。

第2节 有眼和无眼的对杀

例题图 1

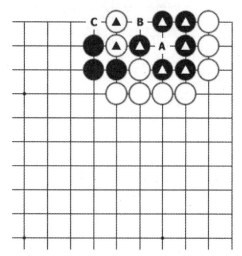

例题图 2

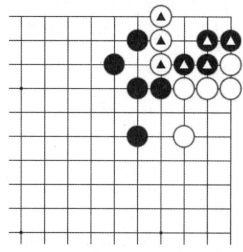

通常，一方有眼，另一方无眼，对杀有利于有眼方，因为公气属于有眼方。

如图，△黑棋与▲白棋对杀，△黑棋A位的眼也是气，称为"内气"，白若走B位，黑可C位提子，因此B位公气属于有眼的黑棋，对杀是黑棋获胜。

再例，△黑棋与▲白棋对杀，目前△黑棋三气，▲白棋四气，如果黑棋懂得眼在对杀中的重要性，就可反败为胜。

例题图 2-1

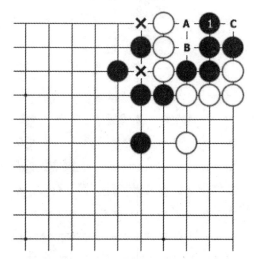

例题图 2-2

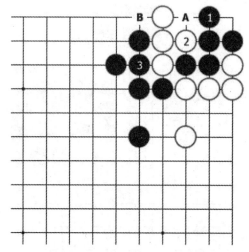

黑1做眼，A、B公气属于黑棋，加上C位，黑棋有三口气，公气属于黑棋，白棋只有×两口外气，二对三，这样算白棋慢一气。

白若2位紧气，黑3紧气，白A位，黑B位提子，A位的公气属于黑棋，对杀，黑棋获胜。

例题图 2-3

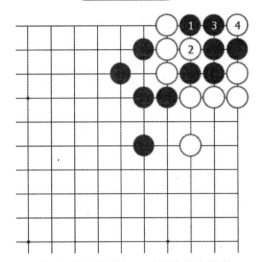

　　黑1如果匆忙紧气，对杀结果白棋获胜。

例题图 2-4

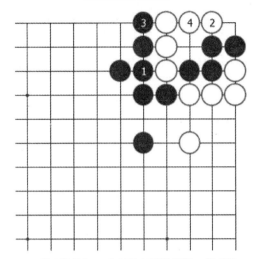

　　黑1紧外气，白2阻止黑棋做眼，黑3紧气，白4连接，形成双活。

例题图 3

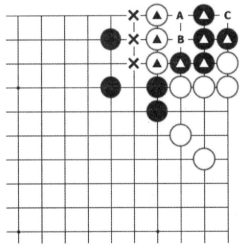

　　本图△黑棋与▲白棋对杀，A、B公气加C位，黑棋有三口气，白棋有×三口外气，三对三，这样算同气对杀。

例题图 3-1

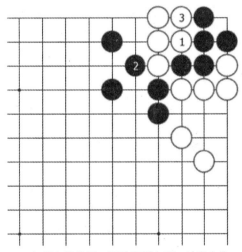

　　如果白棋先下，即使黑棋有眼，结果也是白棋获胜。

小结：
　　1. 公气属于有眼方。
　　2. 如果无眼方的外气多于有眼方的公气加内气，无眼方也可以获胜。

练习题 1

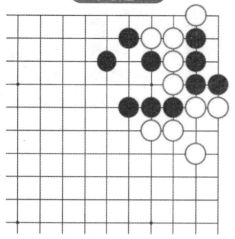

黑先，如何在对杀中获胜？

正解图

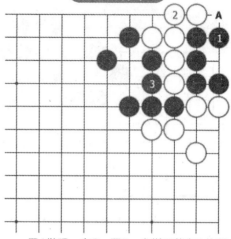

黑1做眼，白2，黑3，白棋不能在A位紧气，对杀，黑胜。

失败图

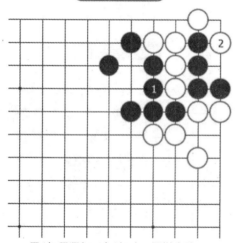

黑1如果紧气，白2打吃，黑棋失败。

练习题 2

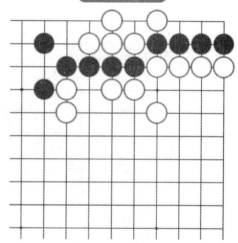

黑先，如何在对杀中获胜？

正解图

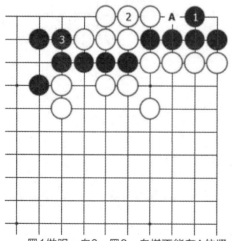

黑1做眼，白2，黑3，白棋不能在A位紧气，对杀，黑胜。

失败图

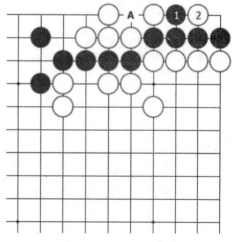

黑1如果打吃，白2扑，黑棋只能A位打劫。

练习题 3

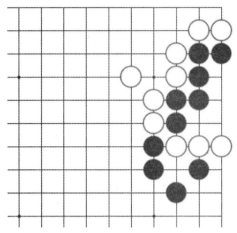

黑先，如何在对杀中获胜？

失败图

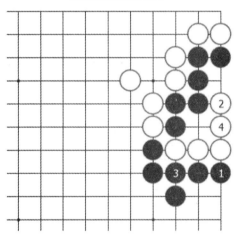

黑1如果紧气，白2阻止黑棋做眼，黑3，白4，形成双活。

正解图

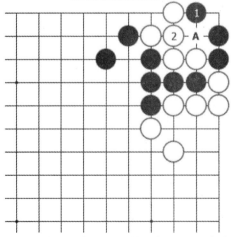

黑1做眼，白2如果连接，白以后也不能走A位，对杀，黑胜。

正解图

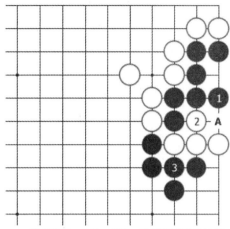

黑1做眼，白2，黑3，白棋不能在A位紧气，对杀，黑胜。

练习题 4

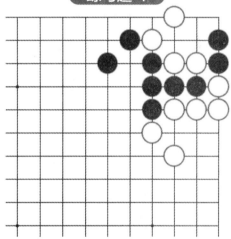

黑先，如何在对杀中获胜？

失败图

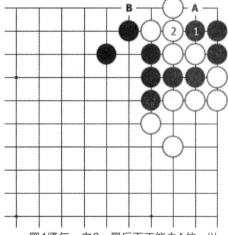

黑1紧气，白2，黑反而不能走A位，以后黑B位，白A位打吃。

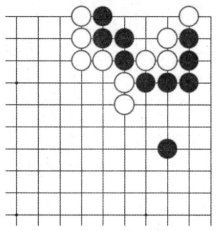

黑先，如何在对杀中获胜？

失败图

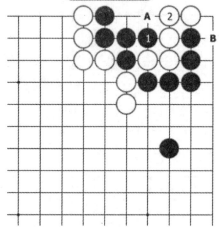

黑1紧气，白2，黑反而不能走A位，以后黑B位，白A位打吃。

正解图

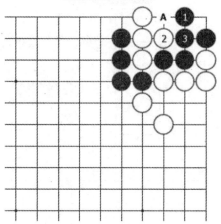

黑1做眼，白2如果紧气，白以后也不能走A位，对杀，黑胜。

正解图

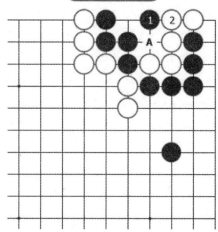

黑1做眼，白2如果连接，白以后也不能走A位，对杀，黑胜。

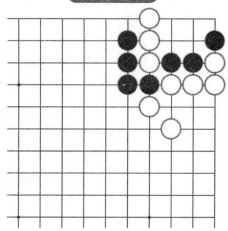

黑先，如何在对杀中获胜？

失败图

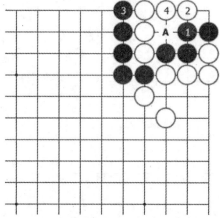

黑1如果连接，白2阻止黑做眼，黑3紧气，白4连接，形成双活。黑1如果在A位紧气，白4位打吃，黑棋失败。

第3节 双方有眼的对杀

例题图1

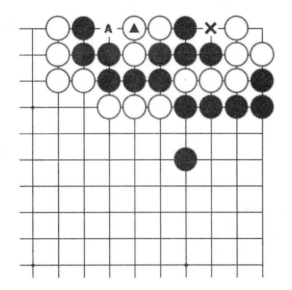

通常，在双方都有眼的情况下，对杀有利于"大眼"一方，因为公气属于大眼方。

如图，黑棋与白棋对杀，×位的公气白棋不敢下，但黑棋A位提子后白棋需▲位点，随后黑棋可以在×位紧气，所以对杀结果黑棋获胜。

例题图2

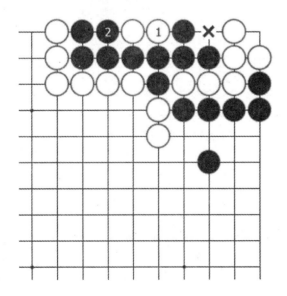

大眼杀小眼的特性是占有公气，一般是围起三个交叉点以上称为大眼。如图黑棋的眼位虽然比白棋略大，但白1位扑紧气，黑2提后白3再于1位扑，×位的公气双方都不敢入，公气不完全属于黑棋一方，因此本图的黑棋不具备大眼的特性。

例题图 3

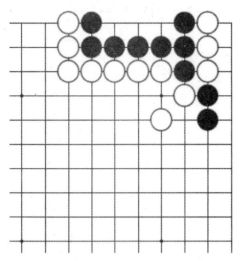

大眼的基本型：直三。

如图，黑棋是"直三"的形状，在对方紧气之前，直三有3口气，为便于验证，角上与黑棋对杀的白棋给了3口气。

例题图 3-1

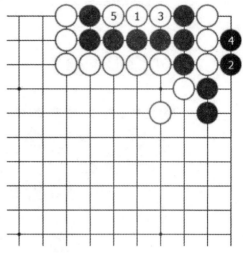

3气对3气，白1、3、5紧气，白棋共花了三手棋吃住黑棋，因此黑棋是3口气。

例题图 3-2

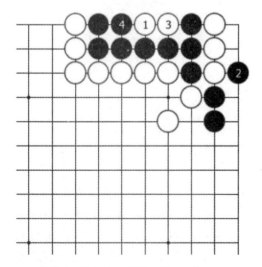

前图白3紧气时，黑棋只剩一口气了，即使黑4提子，白5再扑入，黑棋还是一口气。所以黑4提两颗子不长气。

例题图 4

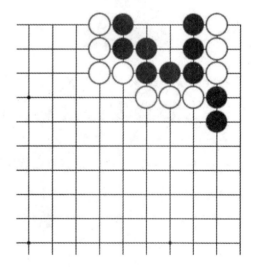

大眼的基本型：曲三。

如图，黑棋是"曲三"的形状，在没有弱点的情况下，曲三和直三的气数是相同的。

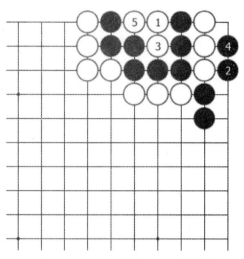

如图，白1、3、5共花了三手棋紧气吃掉黑棋，所以曲三是3口气。

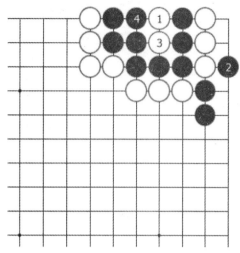

白3时，黑若4位提两子，白5再扑入，黑棋仍是被打吃的状态，所以黑4提两子不长气。

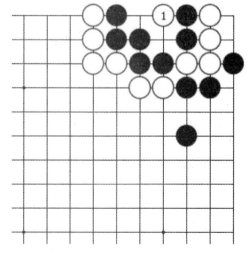

本图黑棋虽然也是曲三的形状，但是这个曲三有弱点，白1打吃，黑棋已经被吃了。

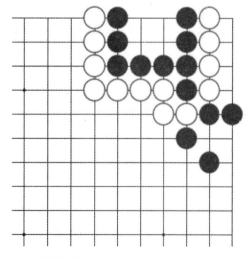

大眼的基本型：方四。

如图，黑棋的形状是"方四"，在没有弱点的情况下方四有5口气。

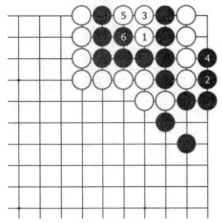

例题图 6-1

与黑棋对杀的角上白棋有4口气。白1、3紧气，黑2、4紧气，白5时，黑6提三颗子可以延气。

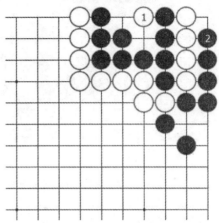

例题图 6-2

还原了曲三的形状，黑棋快一气杀白棋。由此说明例题图6的方四有5口气。

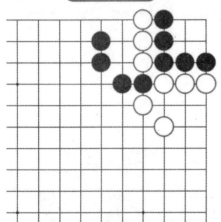

例题图 7

本图的黑棋虽然也是方四，但因为是在角部，气数也会有所减少，本图的黑棋方四只有3口气。

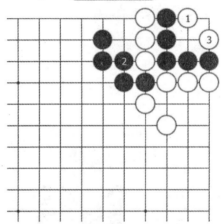

例题图 7-1

如图，白1紧气，黑2紧气，白3已经打吃黑棋了。

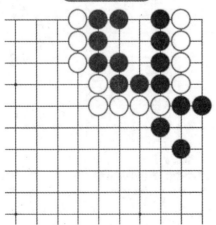

例题图 8

大眼的基本型：丁四。如图，黑棋是"丁四"的形状，在没有弱点的情况下，丁四和方四的气数是相同的。

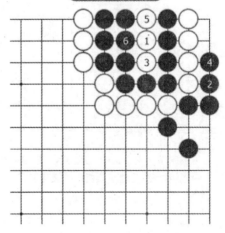

例题图 8-1

与黑棋对杀的角上白棋有4口气，白1点入以下双方进行收气，黑6提延气。

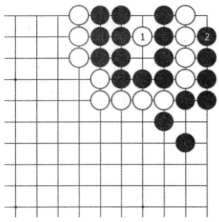

续前图，还原成直三，白1点，黑2打吃，黑棋快一气杀白棋。所以例题图8的丁四有5口气。

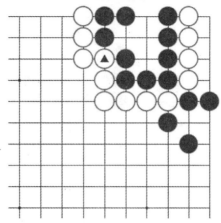

本图的黑棋虽然也是丁四，但因为▲白子给黑棋造出了弱点，所以黑棋的气数也会减少。

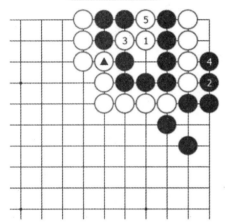

白1点，黑2紧气，白3对黑棋已是打吃了，至白5黑棋被杀。

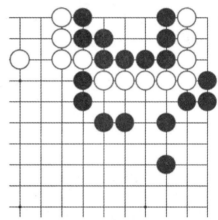

大眼的基本型：刀五。如图，黑棋是"刀五"的形状，在对方点入紧气之前，刀五有8口气。

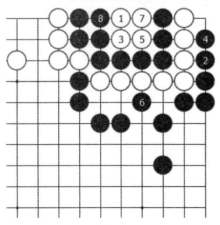

与黑棋对杀的白棋有7口气，白1点入以下双方进行收气，黑8提子延气。

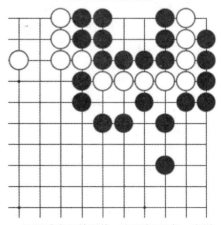

还原成方四的形状，方四有5口气，白棋还剩4口气，对杀黑棋快一气。

例题图 11

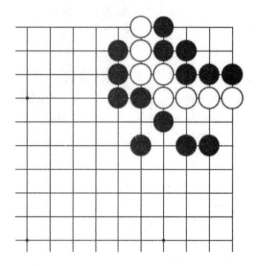

本图的黑棋虽然也是刀五的形状，但因为是在角部，气数也会有所减少，本图的黑棋刀五只有4口气。

例题图 11-1

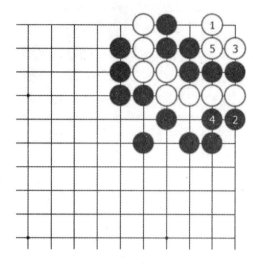

如图，白1点入紧气，黑2、4紧气，白5已经打吃黑棋了。

例题图 12

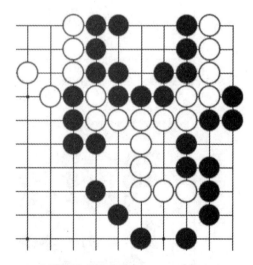

大眼的基本型：花六。

如图，黑棋是"花六"的形状，在对方点入之前，花六有12口气。

例题图 12-1

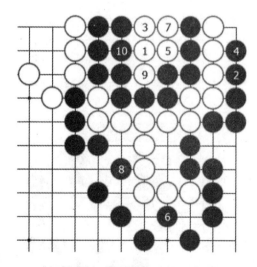

与黑棋对杀的白棋有11口气，白1点入以下双方进行收气，黑10提子延气。

例题图 12-2

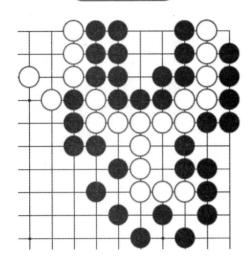

还原成刀五的形状，刀五有8口气，白棋还剩7口气，对杀黑棋快一气。因此花六有12口气。

例题图 13

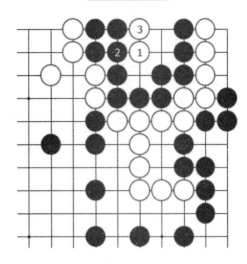

本图的黑棋虽然也是花六的形状，但因为有弱点，白1点入时黑要2位补断，那么黑棋的气就没有那么多了。

小结：

1. 双方都有眼的对杀，对杀有利于大眼一方，因为公气属于大眼一方。
2. 常见的大眼基本型有：直三、曲三、方四、丁四、刀五、花六。
3. 通常完整大眼基本型的气数为：直三曲三3气、方四丁四5气、刀五8气、花六12气。

练习题 1

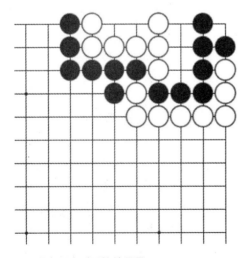

黑白双方对杀的结果是?

分析图

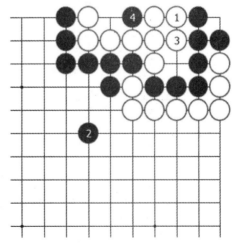

白棋的眼比黑棋多一目，但不具备大眼的特性，即使白1以下先紧气，结果还是双活。

练习题 2

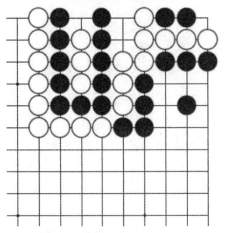

黑白双方对杀的结果是?

分析图

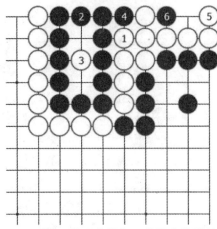

即使白1以下先紧气，结果也是黑杀白，因为黑棋是大眼。

练习题 3

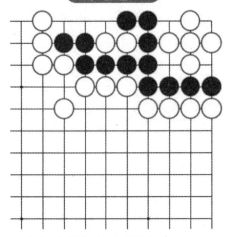

黑先，如何在对杀中获胜?

正解图

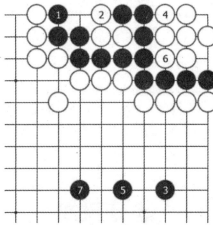

黑1做大眼是关键，白若以下进行收气，黑脱先即可。结果是黑棋大眼杀白棋小眼。

失败图

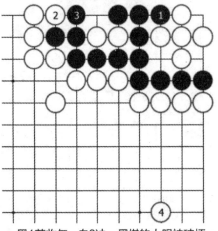

黑1若收气，白2冲，黑棋的大眼被破坏，结果形成双活。

练习题 4

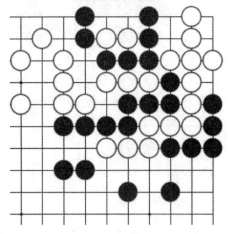

黑先，如何在对杀中获胜?

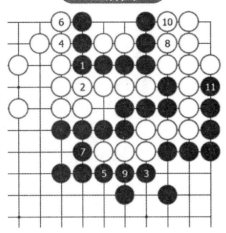

黑1做成大眼是关键，以下双方互相收气至黑11，白棋被杀。

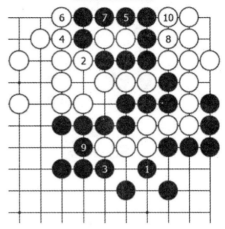

黑1若急于收白棋的气，白2将黑棋的大眼破坏，黑棋反倒被杀。

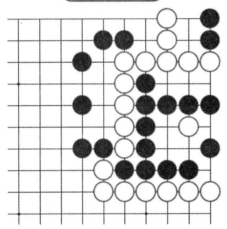

黑先，如何在对杀中获胜？

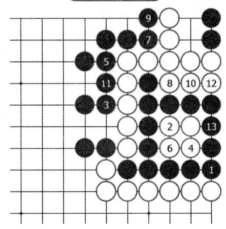

黑1做成大眼是关键，以下双方相互收气，黑13提子延气。

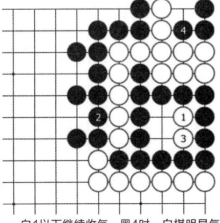

白1以下继续收气，黑4时，白棋明显气不够。

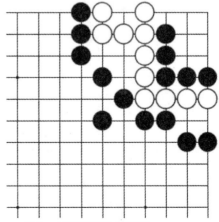

黑先，如何在对杀中获胜？

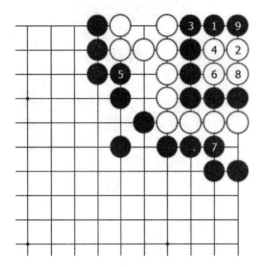

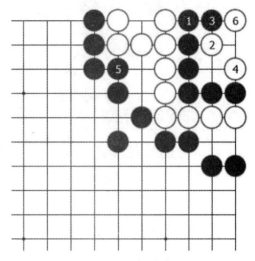

黑1尖做成刀五形状的大眼是关键，以下双方收气至黑9，白棋明显慢一气。

黑若1位，白2位，黑棋的气变得非常少，只好被迫打劫。

142

第4节 长气的方法

例题图 1

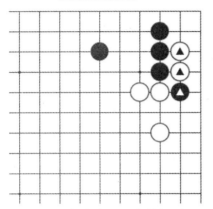

△黑棋与▲白棋对杀，▲白棋有三气，△
黑棋有两气，目前白棋的气比黑棋多。

例题图 1-1

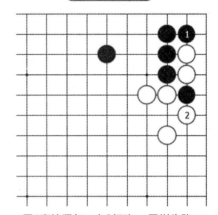

黑1直接紧气，白2打吃，黑棋失败。

例题图 1-2

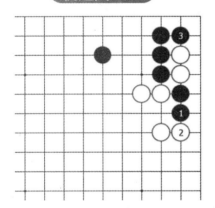

黑1未紧对方的气，先长气，白2应，黑
3再紧气，对杀，黑棋获胜。

例题图 2

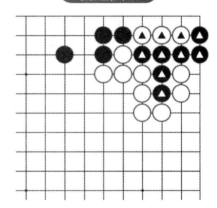

再例，△黑棋与▲白棋对杀，目前白棋
的气比黑棋多。

例题图 2-1

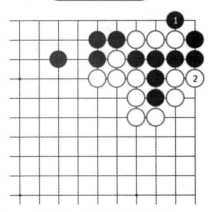

黑1直接紧气，白2打吃，黑棋失败。

例题图 2-2

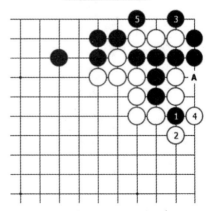

黑1断与白2交换，黑3再紧气，白棋不能
走A位，是黑1的功劳，白4提，黑5打吃，对
杀，黑棋获胜。

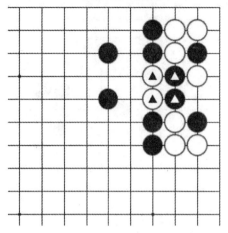

黑先，△黑棋与▲白棋对杀，如何长气?

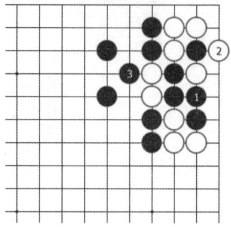

黑1连接打吃白棋，同时自身长气，白2应，黑3对杀获胜。

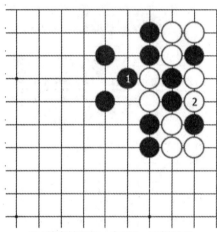

黑1若直接紧气，白2提，黑棋被杀。

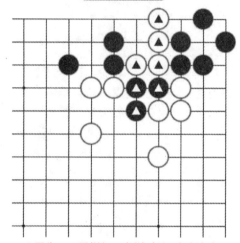

黑先，△黑棋与▲白棋对杀，如何长气?

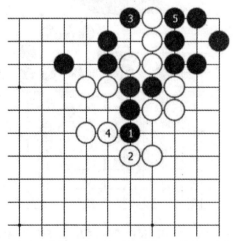

黑1长气，白2应，黑3、白4、黑5，对杀结果黑胜。

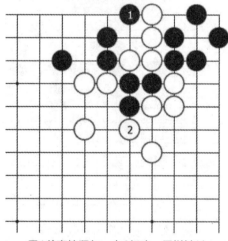

黑1若直接紧气，白2打吃，黑棋被杀。

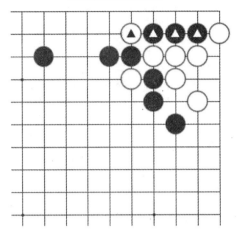

白先，▲白棋与△黑棋对杀，如何长气？

正解图

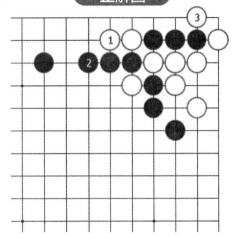

白1爬，黑2不得不应，白3再紧气，对杀，白胜。

失败图

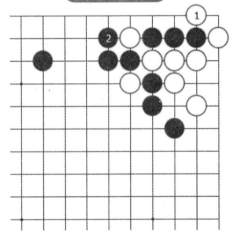

白1若直接紧气，黑2打吃，白棋被杀。

练习题 4

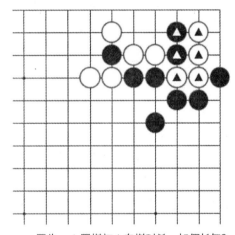

黑先，△黑棋与▲白棋对杀，如何长气？

正解图

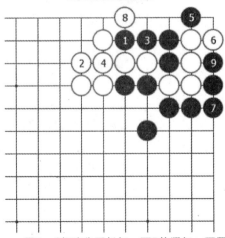

黑1、3打吃先手长气，再5位紧气，至黑9，对杀，黑胜。

失败图

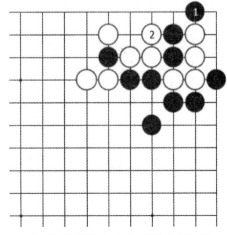

黑1若直接紧气，白2打吃，黑棋被杀。

145

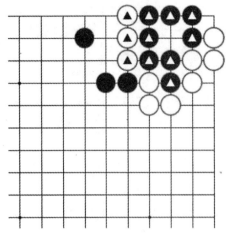

黑先，△黑棋与▲白棋对杀，如何长气?

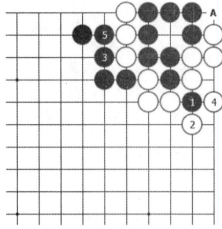

黑1断与白2交换，再3位紧气，白棋不能走A位，白4提，黑5吃，对杀，黑胜。

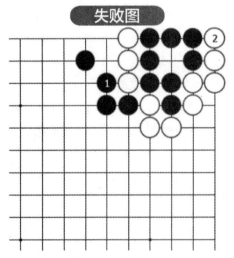

黑1若直接紧气，白2打吃，黑棋被杀。

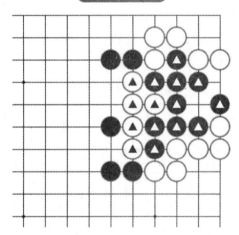

黑先，△黑棋与▲白棋对杀，如何长气?

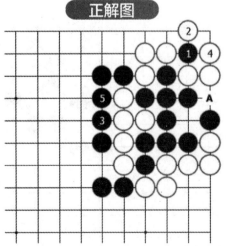

黑1断与白2交换，黑3再紧气，白棋不能走A位，白4提，黑5打吃，对杀，黑胜。

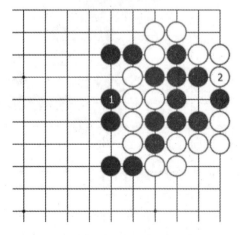

黑1若直接紧气，白2打吃，黑棋被杀。

第四章 要子与废子

第1节 棋 筋

例题图 1

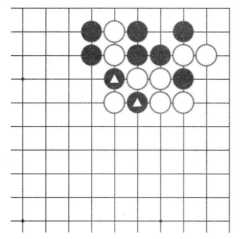

在接触战中发挥重要作用的棋子是"要子"，也称为"棋筋"。除了本身价值，不在其他方面发挥作用的棋子，通常都不重要，俗称"废子"。如图,△黑棋当中有要子，也有废子。

例题图 1-1

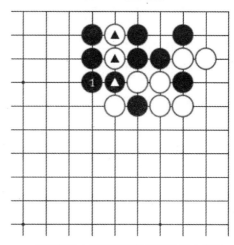

黑1救回△黑子的同时也吃住了▲白子，所以△黑子是很重要的棋子，也是这里的"棋筋"。

例题图 1-2

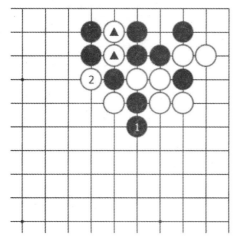

黑1若逃这颗黑棋，白2吃掉黑棋的棋筋，同时救出▲白，黑棋崩溃。

例题图 2

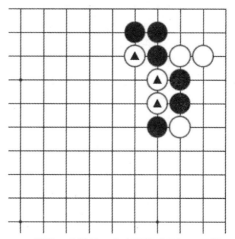

同样，吃棋的一方也要找准目标，黑棋要发现▲白棋当中的棋筋，并设法将其吃住。

例题图 2-1

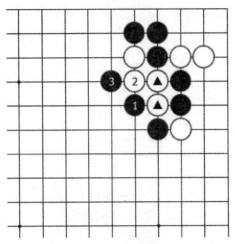

　　两颗▲白棋是棋筋，黑1的发力点正确，白若2，黑3征吃。黑棋整体获得通连。

例题图 2-2

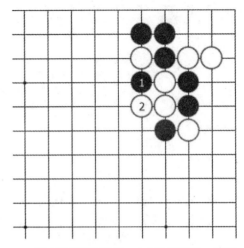

　　黑1没有找准目标，白2救出棋筋，黑棋不能满意。

小结：接触战时要注意救回或抓住重要的棋子，重要的棋子也称为"棋筋"。

练习题 1

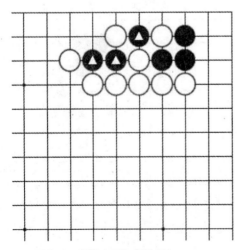

　　黑先，△黑棋之间如何选择？

正解图

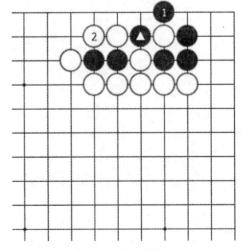

　　黑1提，救回△棋筋使角部获得安定。

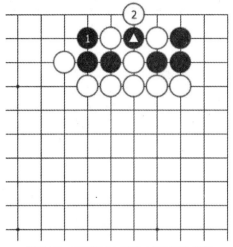

黑若1位，白2提掉△棋筋，黑棋四分五裂。

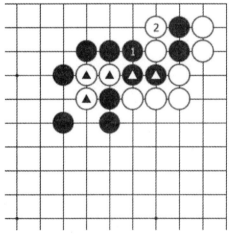

黑1接，救回△黑棋的同时吃住▲白棋。

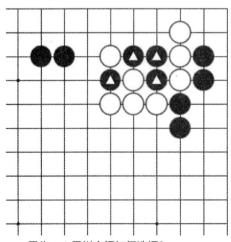

黑先，△黑棋之间如何选择？

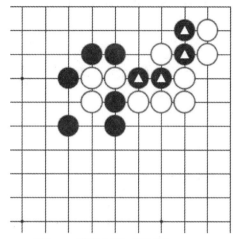

黑先，△黑棋之间如何选择？

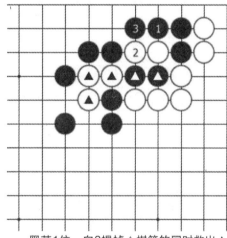

黑若1位，白2提掉△棋筋的同时救出▲白棋。

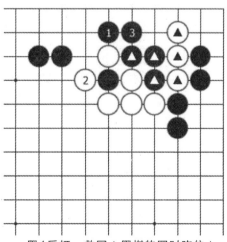

黑1反打，救回△黑棋的同时吃住▲白棋。

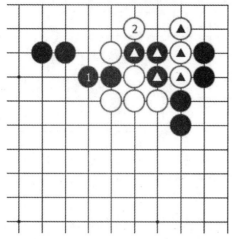

黑若1位，白2吃住△棋筋的同时救出▲白棋。

正解图

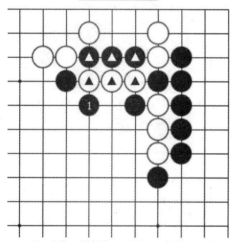

黑1吃住▲棋筋的同时救回△黑棋。

练习题 5

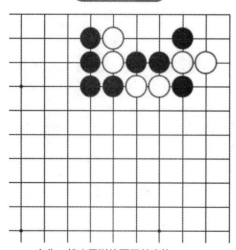

白先，找出黑棋的要子并吃住。

练习题 4

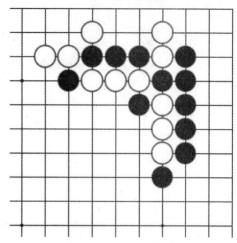

黑先，找出白棋的要子并吃住。

失败图

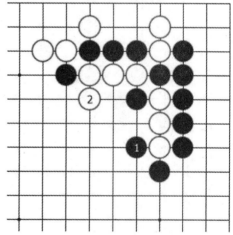

黑1没有抓住棋筋，白棋满意。

正解图

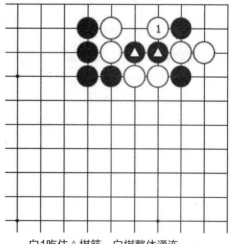

白1吃住△棋筋，白棋整体通连。

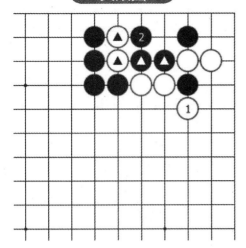

白1没有抓住棋筋，黑2吃住▲ 白棋的同时救回△黑棋。

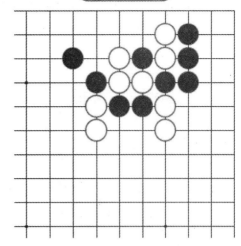

黑先，找出白棋的要子并吃住。

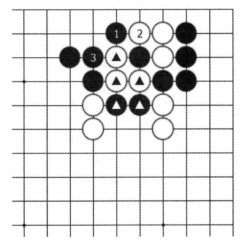

黑1反打，白2提，黑3吃住▲棋筋的同时救回△黑棋。

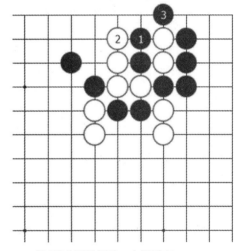

黑1没有抓住棋筋，白棋满意。

第2节 弃子整形

例题图 1

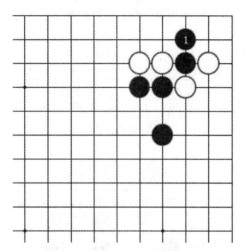

"弃子"是指通过牺牲棋子以换取其他的利用。根据局面的不同，弃子的意义也不同。

如图，黑1长不是为了逃这颗子，而是为了长气，因为长了气就可以获得更多的利用。

例题图 1-1

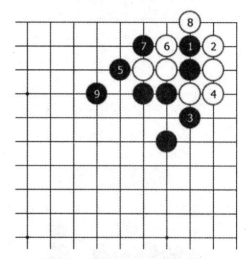

白2紧气，接下来黑3、5、7都是先手，这是黑1长的功劳，至黑9的棋形很厚实，实现了"弃子整形"的目的。

例题图 1-2

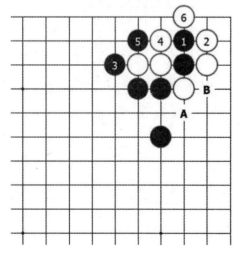

白2时，黑3、5的次序不够严谨，黑棋再也走不到A与B的交换了。

例题图 1-3

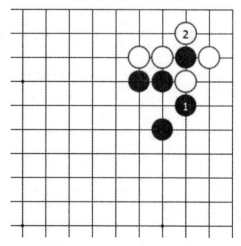

黑若直接1位打吃，白2一手提干净，黑棋少了很多利用。

小结：弃子是舍弃部分棋子从而换取其他利用的构思，常用于棋形的整理。

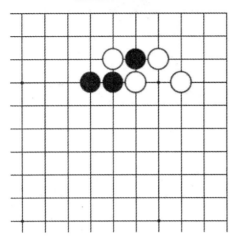

黑先，如何弃子整形?

正解图

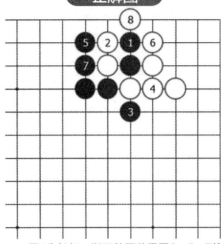

黑1先长气，以下外围获得黑3、5、7的先手利用并得到整形。

失败图

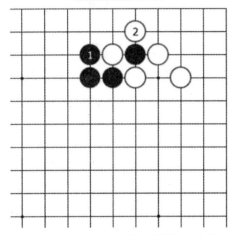

黑1打吃是俗手，白2提，黑棋不够充分。

练习题 2

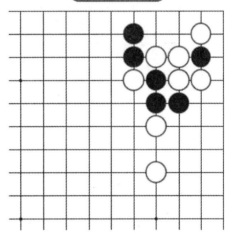

黑先，如何弃子整形?

正解图

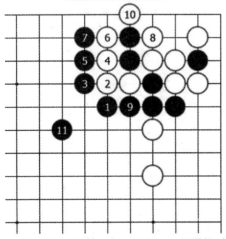

黑1跳枷是手筋，以下至黑11，黑棋得到整形。

失败图

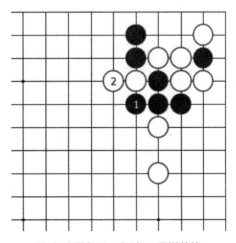

黑1打吃是俗手，白2长，黑棋苦战。

练习题 3

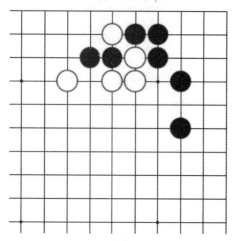

白先，如何弃子整形?

失败图

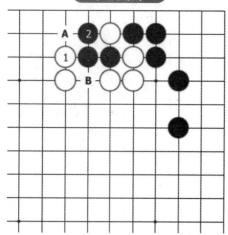

白1不舍得弃子，黑2后，A、B白棋不能先手利用。

正解图

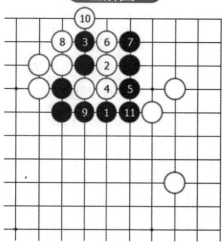

黑1跳枷是手筋，白2时，黑 3是关键，至黑11得到整形。

正解图

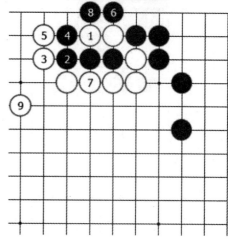

白1多弃一子是要领，以下至白9得到整形。

练习题 4

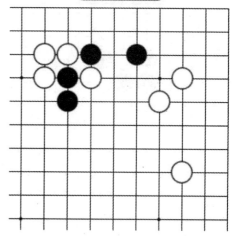

黑先，如何弃子整形?

失败图

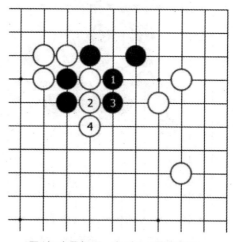

黑1打吃是俗手，白2长，黑棋苦战。

练习题 5

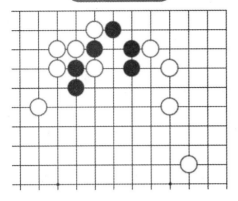

黑先，如何弃子整形?

正解图

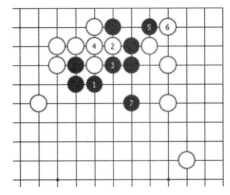

黑1反打，以下至黑7得到整形。

失败图

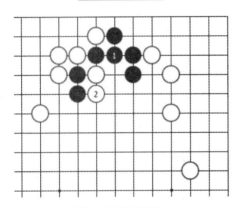

黑若1位粘，棋形缺乏弹性。

练习题 6

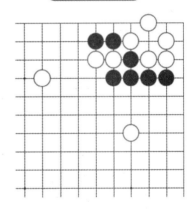

黑先，如何弃子整形?

正解图

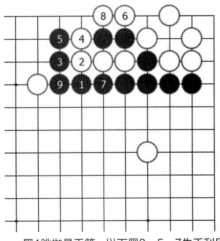

黑1跳枷是手筋，以下黑3、5、7先手利用获得整形。

失败图

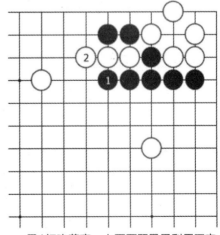

黑1打吃草率，上面两颗黑子利用不充分。

第3节 弃子转换和取势

例题图 1

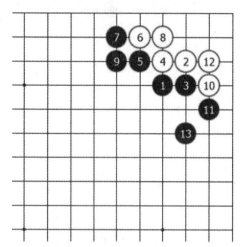

本图是星位定式的一个变化，黑7连扳是弃子转换的思路，白8若在角部粘，以下至黑13，黑棋外势很厚。

例题图 1-1

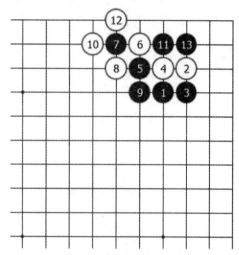

黑7时，白8断打是正着，以下至黑13双方各得其所，黑7通过弃子实现转换的目的。

例题图 2

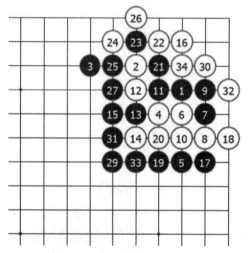

本图是著名的"18目半骗招"，白4时，黑5故意卖一个破绽，白8扳下来就上当了，黑9以下将角部弃子在外围形成强大的势力，实现了"弃子取势"的目的，此型因白棋角部目数有18目多一点而得名。28＝23

例题图 2-1

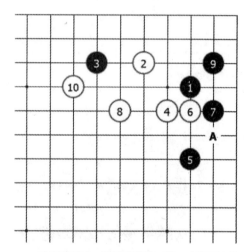

前图黑7时，白8是正着，下一步再于A位扳就严厉了，黑9补棋，白10压迫上边黑子。

小结：弃子是灵活的构想，有时可以形成转换，有时可以获得势力。

练习题 1

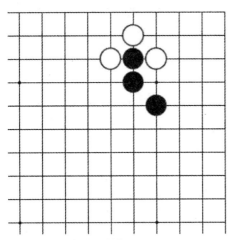

黑先，如何弃子转换？

正解图

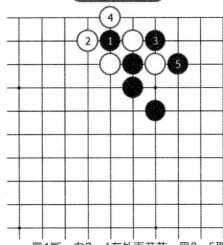

黑1断，白2、4在外面开花，黑3、5取得角地形成转换。

变化图

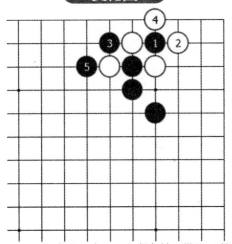

黑若1位断，白2、4取得角地，黑3、5征吃形成转换。

练习题 2

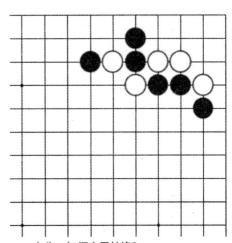

白先，如何弃子转换？

正解图

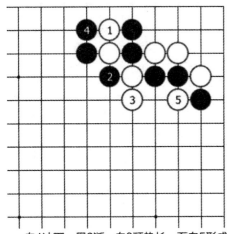

白1冲下，黑2断，白3顺势长，至白5形成转换。

失败图

白1若在角部做活，以下至白5很委屈，黑棋满意。

157

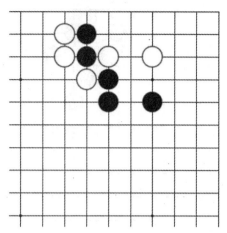

黑先,如何弃子转换?

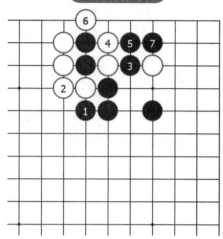

黑1、3简明,以下至黑7取角形成转换。

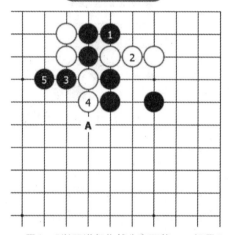

黑1、3以下进行作战也有可能,一般是A位征子有利时的变化。

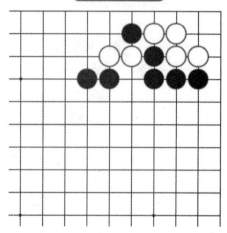

黑先,如何弃子取势?

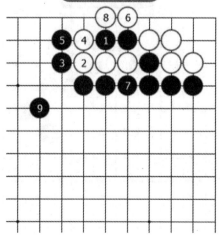

黑1多弃一子是手筋,以下至黑9取得外势。

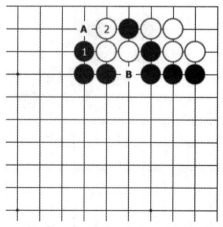

黑1的下法不充分,白2后,A位或B位白棋不能先手利用。

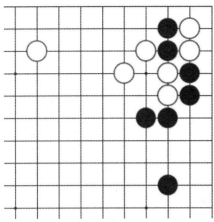

黑先，如何弃子取势？

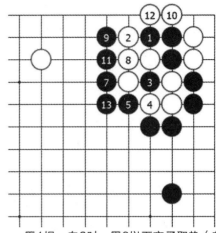

黑1拐，白2时，黑3以下弃子取势（白6＝黑3）。

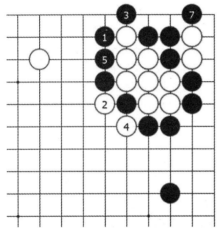

前图黑1时，白若2位反击，黑3以下在角部获得便宜。

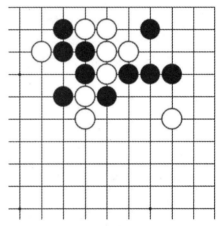

白先，如何弃子取势？

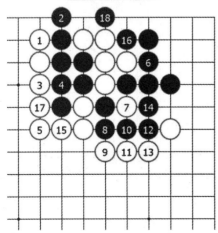

白1以下先手利用，白7继续弃子，以下至白17形成势利。

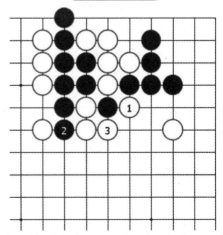

前图白1时，黑若2位反击，白3提子可以满意。

第4节 弃子争先

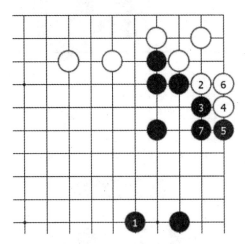

在对局中"先手"非常重要，有时为了争取先手必须要做出一些牺牲，例如"弃子争先"。

如图，右上角黑1如走别处，白2以下的先手搜刮很大，黑棋既不想被白棋这样搜刮，又想争取先手，那就需要有"弃子争先"的想法。

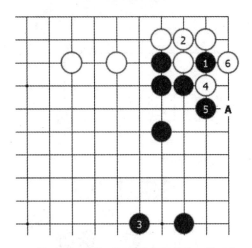

黑1与白2交换后再脱先是好思路，以后白4时，黑5反打，白6不能走A位的扳了，这就是黑1所发挥的作用，黑棋通过牺牲黑1这颗子，缓冲了白棋的搜刮，并且实现了争先手的目的（黑1若走白4位立当然是后手）。

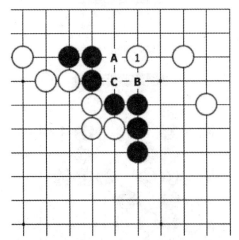

本图白1威胁黑棋C位的断点，黑若A位补则白B位黑落后手，白1时黑如B位则白A位。此时黑棋有"弃子争先"的下法。

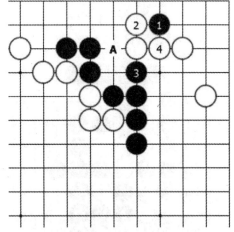

黑1点是手筋，白若2位，黑3顶是先手。黑1时，白2若走白4位，黑A位顶瞄着白2位连回。黑棋通过弃子来争取先手补断点。

小结："弃子争先"是牺牲局部小利争取先手的思路。

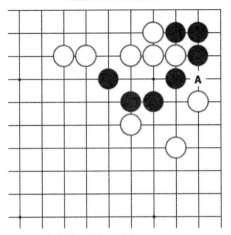

黑棋如何补A位的断点?

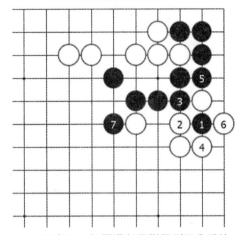

黑1弃子,如图进行黑棋得到了先手补断。

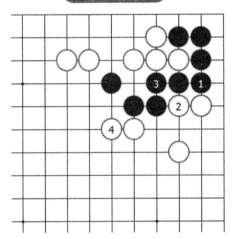

黑若1位粘,白2、4进行,黑棋失败。

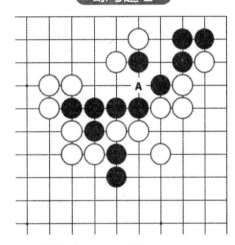

黑棋如何预防白A位的扑?

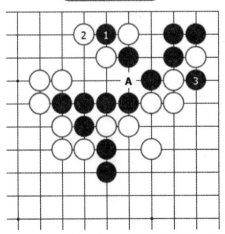

黑1断是手筋,白2后A位的问题已得到解决,黑3做活。

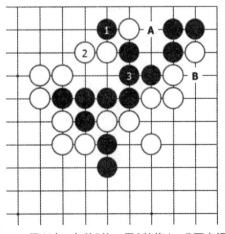

黑1时,白若2位,黑3粘将A、B两点视为必得其一。

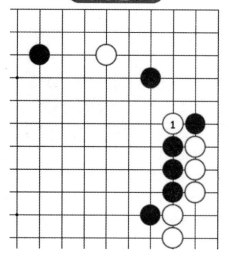

白1断，黑棋如何应对?

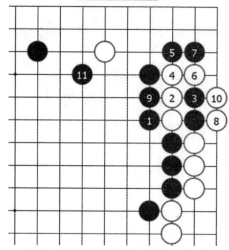

黑1、3以下弃掉两子后争先手走到黑11封住白棋。

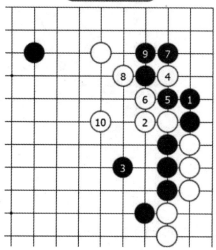

黑若1位，白2长进行作战。

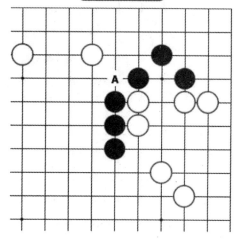

黑棋如何补A位断点?

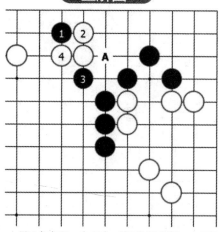

黑1点弃子，白2时，黑3先手补断。白2若走4位，黑A位。

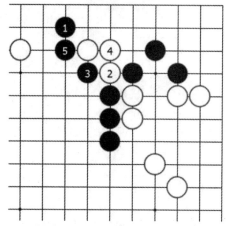

黑1时，白2断不成立，如图进行白棋被吃。

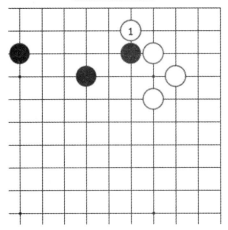

白1时，黑棋如何应对?

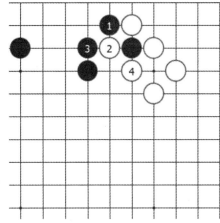

黑1扳，白2时，黑3反打弃子争先。

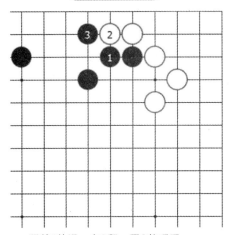

黑若1位退，白2爬，黑3落后手。

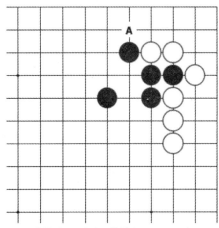

黑棋如何预防白A位的扳?

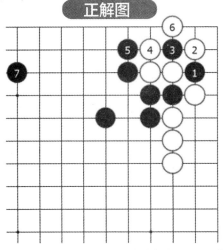

黑1、3连续弃子后黑5位成为先手，黑7脱先占大场。

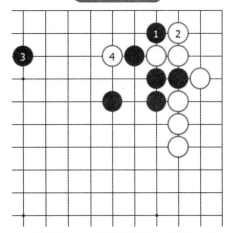

黑若1与白2交换后再脱先，以后白4位夹的攻击严厉。